Marie Hoehne

Polarlichter und Grizzlybären

neobooks

Impressum

Verlag: Katrin Rath
Scharnhorststraße 24
10115 Berlin
hallo@mariehoehne.com
www.mariehoehne.com
Druck: epubli, ein Service der
neopubli GmbH, Berlin

Printed in Germany

Kapitel 1

Hannah roch das Aftershave ihres Chefs, noch bevor sie ihn sah.

Der Geruch war herb, fast ein wenig zu stark und der intensive Moschusduft brannte leicht in ihrer Nase. Sie wandte den Kopf und sah, dass er das selbe langweilige Hemd trug, wie an jedem Tag – weiß, gebügelt und mit einem leicht durchscheinenden Unterhemd darunter.

Als sie das vertraute Kribbeln in ihrer Nase spürte, welches sein Aftershave jedes Mal hervorrief, drehte sie sich schnell wieder um und blickte zu dem kleinen Fenster über ihrem Schreibtisch, durch das man nur auf einen tristen grauen Hof hinuntersehen konnte. Doch irgendwie passte dieser Ausblick auch zu Hannahs derzeitiger Stimmung. Sie war frustriert, frustriert wegen dem, was sie seit über einem Jahr Tag für Tag an diesem Schreibtisch tat: Artikel lesen und redigieren.

Und dabei hatte sie sich diesen Job selber ausgesucht.

Doch obwohl sie es nicht zugeben wollte, hatte sie sich mehr davon versprochen: Reiseredakteurin. Das klang nach weiter Welt und Abenteuer, zumindest hatte es das noch vor achtzehn Monaten getan, als Hannah nach mehr als zehn Jahren Arbeit bei diversen TV-Produktionsfirmen zu einem Verlag für Reisemagazine gewechselt war. Endlich wollte sie das tun, was alle ihre Freunde bereits nach

dem Abitur schon getan hatten: Die Welt sehen, neue Menschen und Kulturen kennenlernen. Reisen.
Und darüber schreiben.
Stattdessen saß sie nun an einem wackeligen alten Schreibtisch im elften Stock des Verlagshauses fest und das weiteste, was sie bislang zu sehen bekommen hatte, war die Tourismusbörse auf dem Messegelände unterm Funkturm. So hatte sie sich ihren neuen Job wirklich nicht vorgestellt. Da hätte sie besser gleich beim Fernsehen bleiben können. Die letzten zehn Jahre dort waren immerhin beinahe wie im Flug vergangen. Einfach so, ohne großes Aufsehen. Nun gut, Hannah hatte einiges erlebt, hatte Menschen interviewt, die sie mochte und einige, die sie nicht mochte. Sie hatte unzählige Events gesehen, war bei Awardshows gewesen und hatte Leute kennengelernt, auf deren Bekanntschaft sie im Nachhinein gerne verzichtet hätte. Aber sie hatte auch Freunde gefunden. Neue Freunde, die ähnlich tickten wie sie selbst, und als ewige Dauersingles durch das viel zu laute und viel zu überladene Berlin streiften.
Im Gegensatz zu ihren weitgereisten Schulfreunden, die mittlerweile schon in Amerika, Asien und Australien gewesen und nun allesamt verheiratet waren und Kinder bekommen hatte, hatte es Hannah allerdings bisher weder zu einer eigenen Familie, noch zu einem Stempel in ihrem verwaisten Reisepass gebracht, und das, obwohl sie für Interviews immerhin schon durch ganz Europa geflogen war. Aber Übersee? Für Übersee hatte es bislang irgendwie nie gereicht.

Dass sie nach all der Zeit dann doch den Schritt aus dem Fernsehbusiness gewagt hatte, hatte allerdings nicht unbedingt etwas damit zu tun gehabt, dass sie sich selbst für besonders abenteuerlustig hielt. Nein, vielmehr hatte sie es dort schlicht und ergreifend nicht mehr ausgehalten. Ihr ehemaliger Chef Thilo wechselte fast täglich mehrmals seine Meinung und aus einem achtstündigen Arbeitstag wurden nicht selten zwölf oder mehr Stunden.
Natürlich ohne Vergütung.
Fürs Team, für die Passion, fürs Produkt.
Noch heute drehte sich ihr der Magen um, wenn sie an die unzähligen Spätmeetings dachte, in denen Thilo ihnen mit fiebrig glänzenden Augen stundenlange Monologe darüber gehalten hatte, wie gesegnet sie doch mit ihrer Arbeit waren, und dass das auch ganz schnell wieder vorbei sein konnte. Wer nicht mitspielte, wurde ersetzt, so einfach war das. Hannah hatte viele Leute kommen und gehen sehen. Zu viele. Und irgendwann hatte sie beschlossen, es ihnen einfach gleich zu tun.
Sie war gegangen und nun war sie hier: Im Lohmeier-Verlag. Ein Familien-Traditionsunternehmen mit dem Schwerpunkt auf Nah- und Fernreisen.
Das Verlagshaus befand sich zu ihrer Freude mitten in der Stadt und war so riesig, dass sie sich in den ersten Wochen dort fast täglich verlaufen hatte. Das lag allerdings nicht daran, dass der Lohmeier-Verlag ein besonders großes Unternehmen war, sondern vielmehr, dass er sich das Gebäude mit diversen anderen Firmen teilte. Ihr Team bestand im Großen und Ganzen aus rund zwanzig festen und frei-

en Mitarbeitern, die die meiste Zeit über durch die Welt tingelten und nur selten in der Redaktion vorbeischauten. Alle, außer Hannah selbst.

Nun hatte sie zwar endlich ihren Achtstundentag, war abends meist Zuhause oder schaute bei ihrer besten Freundin Lisa aus Kindertagen vorbei. Diese war mittlerweile vierfache Mutter und beneidete Hannah glühend um ihre Freiheit. Doch so besonders aufregend war ihre Arbeit nicht. Artikel ihrer weitgereisten Kollegen zu korrigieren, war eben alles andere als motivierend.

So sah es also aus, ihr Leben. Das Leben von Hannah Wagner, achtundzwanzig Jahre alt, Stier und ausgebildete Redakteurin.

„Hannah, ich muss mit dir reden." Die Stimme von Dietmar Lohmeier riss sie aus ihren Gedanken. Sie wandte erneut den Kopf und sah direkt in das faltige Gesicht mit der dicken runden Brille.

Sie kannten sich zwar erst seit gut eineinhalb Jahren, doch sie schätzte sein großes Herz und seine Prinzipien. Im Gegensatz zu Thilo traf er keine unbedachten Entscheidungen und war überwiegend fair und freundlich zu allen Mitarbeitern. Allerdings forderte er sie eben auch nicht sonderlich stark.

„Hannah, ich habe eine Aufgabe für dich. Eine neue Aufgabe, eine aufregende Aufgabe", schnurrte er da auch schon los und ließ sich mit einem schweren Schnaufen auf eine Ecke des altersschwachen Tisches fallen.

Schnell warf sie einen verstohlenen Blick auf ihren Monitor, um sicher zu gehen, dass sie nicht versehentlich eine

der unzähligen Websites geöffnet hatte, auf denen sie während ihrer Arbeitszeit eigentlich nicht herumsurfen sollte. Zufrieden stellte sie fest, dass dem nicht so war und hob erneut den Blick, um ihm ein warmes Lächeln zu schenken.
„Gibt es eine neue Reisemesse? Oder kann ich etwas für deine Frau besorgen?“ Hin und wieder hatte er sie tatsächlich schon einmal losgeschickt, um '*eine schöne Kleinigkeit für die liebe Susanne*' zu kaufen. Obwohl Hannah vor ihrer Kollegin Sarah immer so tat, als fände sie das im Grunde genommen natürlich ziemlich unerhört, musste sie insgeheim zugeben, dass ihr diese Aufgabe Spaß machte. Schließlich kam sie auf diese Weise immerhin einige Zeit lang von ihrem Schreibtisch weg, Susanne freute sich und Dietmar hatte gute Laune, weil Susanne gute Laune hatte. Eine sogenannte Win-Win-Situation.
Zu ihrem Bedauern schüttelte Dietmar Lohmeier jedoch langsam den Kopf.
„Nein, viel besser“, lächelte er stattdessen verschmitzt. „Ich schick dich auf eine Reise. Was denkst du? Ich schick dich nach Amerika.“
„Was?“
Hannah musste sich verhört haben.
Amerika?
Sollte es nun tatsächlich endlich soweit sein? Ihre erste richtige Reise als Reiseredakteurin. Und dann gleich ein anderer Kontinent. Ihr wurde mit einem Mal ganz heiß vor lauter Freude.

„Meinst du das Ernst?“, krächzte sie und wedelte sich mit einer Hand unbeholfen Luft zu. Reiseredakteurin Hannah Wagner auf Auslandseinsatz in den USA! Sie würde aus New York berichten, aus dem Yosemite-Nationalpark und vom Weißen Haus! Genau so hatte sie sich ihren Job vorgestellt. Endlich!

„Ja, ich denke, du bist nun soweit. Du konntest dir ein gutes Bild von dem machen, was deine Kollegen tun und wie unsere Artikel und Reportagen aufgebaut sind.“ Er machte eine kurze Pause und sah sinnierend einen Moment lang zu Sarah hinüber, die über ihren Laptop gebeugt dasaß und ganz in Gedanken versunken zu sein schien. Ein Lächeln huschte über sein Gesicht. „Du erinnerst dich doch sicher noch an den Harry? Den Neffen meiner Frau. Er war vor ungefähr einem Jahr mal hier zu Besuch und ist dann mit seiner Frau nach Amerika gezogen. Die beiden haben dort so etwas wie eine Agentur für Abenteuerurlaub aufgemacht, und ich möchte, dass du sie dort besuchst und eine Reportage darüber schreibst. Mache diese Reise stellvertretend für unsere Leser und finde heraus, ob sie sich lohnt. Solltest du allerdings Bedenken haben, können wir auch warten, bis Paul aus Dubai zurück ist...“

„Ich mache das schon“, unterbrach Hannah ihn schnell, bevor er es sich noch einmal anders überlegen konnte. Ihr war noch immer ganz schwindelig vor lauter Vorfreude. Natürlich hatte sie bereits hin und wieder mit dem Gedanken gespielt, auch ohne ihre Arbeit einfach einmal weiter wegzufliegen. Jedoch hatte ihr die Vorstellung, ganz alleine Urlaub in Übersee zu machen, nie sonderlich behagt. Aber

nun würde sie im Auftrag ihres Arbeitgebers unterwegs sein. Sie wäre keine allein reisende Frau ohne Begleitung, sondern eine Redakteurin auf Mission.
Ein dämliches Grinsen erschien auf ihren Gesicht. Das klang doch gleich viel besser.
Unwillkürlich musste sie an Peter denken. Nicht einmal in ihrer Kurzzeitbeziehung mit ihm war sie über die Landesgrenzen hinaus gekommen. Nur ein knappes Jahr lang waren sie überhaupt so etwas wie ein Paar gewesen, bevor er dann beschlossen hatte, dass er es der Frauenwelt nicht antun konnte, sich nur an eine Frau zu verschenken. Und so war er mir nichts, dir nichts aus Hannahs Leben einfach wieder verschwunden.
So wie alle Männer, die sie in den letzten zehn Jahren getroffen hatte.
Alle wollten nur etwas Unverbindliches, '*ein bisschen Spaß*' und ganz sicher nichts mit Zukunft. Doch genau so tickte Hannah eben nicht. Sie war keine Frau für One-Night-Stands und so hatten die meisten Männer spätestens nach dem zweiten Date mit ihr ohne nennenswertes Ergebnis bereits das Handtuch geworfen.
„Na prima, dann ist das also abgemacht? Du fliegst zwei Wochen lang zu Harry und seiner Frau."
Hannah nickte so heftig, dass ihr Nacken unangenehm knackte, doch das kümmerte sie kaum.
Zwei volle Wochen Amerika! Sie war selig.
„Wann?", fragte sie aufgeregt.
„Na, am besten so schnell wie möglich. Ich habe gerade mit Harry gesprochen. Du kannst jederzeit dorthin flie-

gen.“ Hannah konnte sehen, wie viel Freude es Dietmar Lohmeier bereitete, ihr das zu sagen.
Er war ein wirklich herzlicher Mann. Manchmal vielleicht ein bisschen träge, aber durch und durch freundlich. „Urlaub brauchst du natürlich keinen einzureichen, du bist ja schließlich dienstlich unterwegs.“ Er zwinkerte ihr zu.
Sie lächelte so breit zurück, dass ihr Gesicht seltsam zu schmerzen begann.
„Nun gut, dann gucke ich mal, wann der nächste Flieger ab Berlin geht.“ Mit zittrigen Fingern startete sie ein neues Browserfenster und sah im Spiegel des Monitors ihr breites Grinsen, was fast ein wenig albern wirkte.
Sie würde weg fliegen.
Sie würde etwas erleben!
„Wo fliege ich denn eigentlich hin?“ Mit einem Mal wurde ihr bewusst, dass sie die wichtigste Frage noch gar nicht gestellt hatte.
Amerika klang in ihren Ohren so vielversprechend, so aufregend, dass es ihr eigentlich ganz egal war, wohin sie Dietmar Lohmeier schicken würde. Welcher Ort es auch immer es sein würde, Hannah würde auf jeden Fall über New York fliegen oder Los Angeles oder Chicago. Das würde sie schon irgendwie einrichten.
Sie platzte fast vor Glück und sah erwartungsvoll zu ihm auf.
„Also, wo fliege ich hin?“
„Nach Anchorage.“

Kapitel 2

Anchorage.

Die mit Abstand größte Stadt Alaskas mit ihren knapp 300.000 Einwohnern lag mitten im Nirgendwo. Zumindest für Hannah.

Sie war noch immer fassungslos, wenn sie daran dachte, dass Dietmar Lohmeier sie tatsächlich mit einem Lächeln im Gesicht ans Ende der Welt verfrachtet hatte. Einfach so. Ohne auch nur die Spur eines schlechten Gewissens.

Er schien wirklich davon überzeugt zu sein, die ganze Reise würde für sie ein einziger Spaß werden. Doch Spaß sah definitiv anders aus! Ihr Flug hatte nicht einmal ansatzweise das Amerika gestreift, von dem sie immer geträumt hatte. Nicht einmal umsteigen durfte sie in New York, Los Angeles oder Chicago. Ihr einziger Aufenthalt beschränkte sich auf einige dröge Stunden im Abflugbereich des Seattler Flughafens, von wo aus sie direkt nach Anchorage verfrachtet worden war.

Nun stand sie in der voll verglasten Eingangshalle des kleinen Flughafens und betrachtete mit müden Augen einen Schaukasten, in dem ein riesiger, ausgestopfter Polarbär stand. Mit einer Hand umklammerte sie einen überdimensional großen Schrankkoffer, den ihre Freundin Lisa normalerweise als Familienkoffer nutze und ihr unbedingt hatte leihen wollen. An der Decke hing das Modell eines

Wasserflugzeugs und nicht zum ersten Mal wünschte sich Hannah, sie hätte einfach '*Nein*' gesagt.
Nein zu Anchorage.
Nein zu Alaska.
Sie war ein Großstadtkind. Städte lagen ihr, dort kannte sie sich aus. Volle U-Bahnen und Straßen, laute Menschen und Hochhäuser. Aber Wildnis, Berge und Seen?
Das war ganz sicher nicht ihre Welt. Wie sollte sie objektiv über etwas schreiben, was sie von vornherein abschreckte? Gut, Hannah hatte versucht, professionell an die ganze Reise heranzugehen, doch ihre Enttäuschung war einfach zu groß gewesen. Dass Harry mit seiner Frau Annie ins beschauliche Alaska gezogen war, konnte sie einfach nicht nachvollziehen. Welcher Mensch wollte an so einem Ort leben, beziehungsweise Urlaub machen? Nach einem Tag in der Natur hatte man doch sicher schon alles gesehen, was dieser Bundesstaat zu bieten hatte, oder lag sie da falsch?
Resigniert sah sich sich um und versuchte, in der Menge ihrer Mitreisenden, Harrys Gesicht ausfindig zu machen. Mittlerweile war sie seit mehr als sechsundzwanzig Stunden auf den Beinen, und Hannah spürte jeden Muskel in ihrem Körpers. Obwohl sie ihren eigenen Rat befolgt und sich nur in bequeme Schlabberhosen und Sweatshirt auf die lange Reise begeben hatte, fühlte sie sich in den Sachen mittlerweile eingeengt und verspürte den dringenden Wunsch nach einer Dusche und einem Bett.
Erschwerend kam hinzu, dass sie sich überhaupt nur noch dunkel an Susanne Lohmeiers Neffen erinnern konnte.

War er groß oder klein gewesen? Füllig oder eher hager? Hannah wusste es nicht mehr. Doch nachdem die meisten Passagiere ihres Flugzeuges bereits dabei waren, die Ankunftshalle zügig zu verlassen, hoffte sie, ihn auf diese Weise irgendwie ausfindig machen zu können. Wenn am Ende nur noch ein Mann und sie dort stehen würden, dann musste das wohl Harry sein.

Oder nicht?

Vielleicht hatte ihre Theorie auch Lücken.

Was, wenn Harry gar nicht erst kam? Wenn er sie vergessen hatte oder von einem Bären auf einem seiner Abenteuerreisen gefressen worden war? In Alaska gab es Bären, so viel wusste Hannah bereits. Bären, menschenleere Landschaften und viel Natur.

Sie seufzte schwer.

Sie hatte wirklich keine Ahnung, was in den nächsten zwei Wochen in dieser Einöde auf sie warten würde. Das Einzige, was sie wusste war, dass sie hundemüde war. Ihre Augen brannten, und sie umklammerte ihren Reisepass mit dem frisch gestempelten Visum so fest, dass es weh tat. Ihr erster Stempel aus Übersee – und dann ausgerechnet aus Alaska.

Die Tage vor ihrer Abreise hatte sie mehr oder weniger wie in Trance verbracht. Dietmar Lohmeier hatte ihr kaum Zeit gegeben, sich über irgendetwas zu informieren. Er ließ seine Assistentin Flug und Visum buchen und gab Hannah einen Crashkurs im Fotografieren, da sie ohne Begleitung nach Alaska fliegen sollte. Das Budget für die Reise war knapp, da diese vor allem deswegen stattfand,

um Harry und seiner Frau einen Gefallen zu tun und ihre kleine Reiseagentur zu promoten.
Ihre Freundin Lisa war, ganz im Gegensatz zu ihr selbst, ganz aus dem Häuschen gewesen und beschwor sie, bloß genügend Kleidung mitzunehmen. In Alaska gab es ihrer Meinung nach außer ganz viel Natur nicht viel und zwei Wochen waren schließlich eine lange Zeit.
Eine wahnsinnig lange Zeit.
Viel zu lang.
Wieso hatte sie nicht einfach „Nein“ gesagt?
Ihre Gedanken drehten sich im Kreis und schließlich kannte Hannah die Antwort darauf genau: Weil sie ein Feigling war. Schlicht und einfach.
Wie hätte sie Dietmar Lohmeier auch verklickern sollen, dass so eine Art von Reise doch nicht das richtige für sie war? Er selbst hatte sie seit ihrem Gespräch ununterbrochen angestrahlt, und wenn Hannah es nicht besser gewusste hätte, hätte sie sich fast einbilden können, dass er sich auf die zwei freien Wochen ohne sie so richtig freute.
Hoffentlich hatte sie nach ihrer Rückkehr überhaupt noch einen Job.
Hoffentlich kam sie überhaupt zurück!
Vielleicht hatte Harry ja den Auftrag, sie den Bären zum Fraß vorzuwerfen.
Oh je, sie war wirklich müde.
Müde und paranoid.
Und allein.

In der Halle waren außer ihr und zwei Frauen in Stewardess-Kostümen inzwischen niemand mehr. Kein Mensch, der sie abholen würde.

Hannah griff in ihre Jackentasche und fasste nach ihrem Handy. Sie hatte es während des Fluges selbstverständlich ausgestellt und wartete nun ungeduldig darauf, dass es hochfuhr und sich in das amerikanische Netz einwählte.

Doch genau das passierte nicht.

Kein Netz.

Ihr Handy wollte sich einfach nicht verbinden.

Unwillkürlich spürte sie, wie ihr die Tränen in die Augen stiegen. War sie jetzt etwa hier auch noch gestrandet?

Sie warf einen Blick auf die Uhr. In Deutschland war es zwei Uhr nachts. Sie konnte Dietmar Lohmeier doch nicht einfach aus dem Bett klingelt und fragen wo sein verflixter Neffe steckte, oder etwa doch?

Nein. Sie würde schon zurecht kommen. Schließlich war sie kein Kind mehr. Sie war fast dreißig Jahre alt, und ihr Chef wäre sicher wenig amüsiert darüber, sie wie ein unselbständiges Kind leiten zu müssen. Sie würde schon eine Lösung finden. Irgendwie würde sie Harry und seine Frau ausfindig machen und dann konnte das Abenteuer auch schon starten.

Es war alles nur eine Frage der Perspektive.

Sie hatte ihren ersten richtigen Job für den Lohmeier-Verlag, und sie würde sich beweisen. Vielleicht war dieser Trip nur eine Art Test. Vielleicht wollte Dietmar Lohmeier nur ihr Durchhaltevermögen und ihre Anpassungsfähigkeit

prüfen, um sie dann auf die wirklich interessanten Reisen zu schicken. Australien, Bali, Afrika!
Suchend sah Hannah sich nach einem Münztelefon um. Dabei fiel ihr Blick auf einen großen schlanken Mann, der soeben die Halle betreten hatte. Er trug eine Sonnenbrille, wie es nur Piloten taten, und hatte schulterlanges braunes Haar, was sein kantiges Gesicht mit dem leichten Bartwuchs sanft umspielte.
Er sah gut aus, nicht wie diese Posterboys, die man an jeder Ecke sah, sondern irgendwie – verwegen. Er trug eine Lederjacke und Jeans und schien nach jemandem zu suchen.
'Bitte, komm zu mir', flehte sie lautlos, doch ihr war klar, dass dieser Mann auf gar keinen Fall Harry sein konnte.
Zu ihrer Überraschung kam er jedoch tatsächlich geradewegs auf sie zu.
„Hannah?", fragte er, noch bevor er sie ganz erreicht hatte.
Sie konnte nur nicken.
Natürlich. Eben noch hatte sie sich gewünscht, dass er auf direktem Weg zu ihr kommen sollte, und nun, nachdem ihr so langsam aber sicher dämmerte, welche Erscheinung sie nach sechsundzwanzig Stunden Anreise, ohne Make-Up und in Schlabberklamotten abgeben musste, wollte sie diesen Wunsch so schnell wie möglich wieder revidieren.
'Geh weg', dachte sie im Stillen, nickte aber erneut, als er sie noch immer fragend ansah.
„Ok, gut. Dann lass uns gehen. Harry kann leider nicht kommen, aber ich bringe dich zu ihm."

„Ähm." Hannah zögerte und hielt den Griff ihres Koffers fest umschlossen, als er die Hand danach ausstreckte, um ihn ihr abzunehmen.
Sie konnte doch nicht einfach mit einem wildfremden Mann mitgehen! Schließlich war ihr so etwas schon im Kindergarten eingebläut worden. Und dann auch noch inmitten eines ihr völlig fremden Landes. Ein einsames Land, mit wenig Einwohnern und vielen Möglichkeiten ein dummes deutsches Mädchen irgendwo unauffällig verschwinden zu lassen.
Sie sah eindeutig zu viele Krimis im Fernsehen, aber sie kannte ja noch nicht einmal seinen Namen!
„Es tut mir leid", stotterte sie unbeholfen. „Aber ich kenne dich nicht." Ihr Englisch klang wie das eines Schulmädchens, dabei hatte sie durch ihre diversen Londonaufenthalte eigentlich einen recht guten Wortschatz entwickelt. Nur leider hatte sie diesen scheinbar Zuhause in Deutschland vergessen.
„Ich bin Ryan. Du bist Hannah und jetzt müssen wir uns wirklich beeilen. Mein Flugzeug wartet nebenan, und wenn wir nicht gleich starten, bekommen wir keine Erlaubnis mehr."
„Bitte was?" Ihre Knie wurden weich wie Butter. Dieser Typ, Ryan, erwartete doch nicht ernsthaft, dass sie zu ihm in ein Flugzeug stieg?
Waren jetzt alle verrückt geworden?
Ryan seufzte schwer und nahm endlich die Sonnenbrille ab, die er noch immer trug, obwohl es in der Ankunftshalle nicht sonderlich hell war. Zwei ernste blaue Augen suchten

ihren Blick, und Hannah wurde mit einem Mal ziemlich warm. Sie spürte, wie ihr die Hitze in die Wangen stieg und hoffte inständig, keine roten Flecken am Hals zu bekommen, so wie ihr dies hin und wieder in stressigen Situationen vergönnt war.

„Hannah, hör zu, ich habe keine Zeit für so etwas. Entweder kommst du mit, und ich bringe dich nach Pinebell oder du bleibst hier und machst dir eine gute Zeit in Anchorage, ok? Harry kann dich nicht abholen. Verstehst du? Außerdem haben er und Annie gerade ein kleines Problem in einer ihrer Gästehütten und können sowieso nicht weg. Also, kommst du nun mit?“

Ryans Augen sahen sie durchdringend an. Was hatte sie überhaupt für eine Wahl? Umdrehen und nach Hause fliegen? So viel Geld hatte sie nicht mehr, und in Anchorage konnte sie auch nicht bleiben. Wieso nur hatte Dietmar Lohmeier ihr nichts von Pinebell gesagt? Er hatte immer nur von Anchorage gesprochen, aber wahrscheinlich hatte er selbst keine Ahnung, wo genau sein Neffe eigentlich lebte.

Zögernd nickte sie und noch eher sie irgendetwas sagen konnte, griff Ryan bereits erneut nach ihrem Koffer und rannte vor ihr her auf den Ausgang zu.

Hannah stolperte los und hatte fast ein wenig Mühe ihm zu folgen.

Für einen kurzen Moment fragte sie sich, was sie tun würde, wenn er mit ihrem Koffer auf und davon rennen würde, doch sie beruhigte sich wieder schnell. Er kannte Harry, er war hier, um sie, Hannah Wagner, abzuholen und es

lohnte sich ganz sicher nicht für ihn, sie zu entführen. Geld suchte man in ihrer Familie nämlich vergebens.
So schnell sie ihre müden Beine tragen konnten, folgte sie ihm, vorbei an der großen Glasfront der Halle hinüber zu einem See, über dem es verdächtig laut brummte. Hannah hob den Blick und sah, wie sich ein seltsam aussehendes kleines Flugzeug geradewegs in die Luft erhob und davon segelte. Bei dem Tempo, was Ryan vorgab, hatte sie allerdings keine Zeit sich weiter darüber den Kopf zu zerbrechen. Sie konnte froh sein, wenn sie ihn überhaupt im Auge behielt. Der Mann hatte es wirklich eilig.
Sie durchquerten eine weitere kleine Halle, und Ryan nickte einer Check-in-Mitarbeiterin zu, eher er stehen blieb und sich nach Hannah umsah.
„Wir müssen hier raus, mein Flugzeug wassert dort drüben", sagte er knapp.
Ein wasserndes Flugzeug?
Hannah verstand gar nichts mehr, doch sie folgte ihm bereitwillig auf eine große Fläche hinaus, die an einem riesigen See mündete. Der Lake Hood. Das zumindest stand auf einer großen Tafel, die wirklich nicht zu übersehen war.
Anchorages Wasserflughafen.
Unwillkürlich wurde ihr schlecht.
Sie sollte in so einem Kasten fliegen?
Mit weichen Knien folgte sie Ryan zu einer kleinen weißblauen Maschine, die am Ufer auf sie zu warten schien.
Das Flugzeug war winzig, zumindest im Vergleich mit den großen Passagiermaschinen, die sie gewöhnt war.

Sie schluckte schwer, als er die Tür öffnete und ihr mit einem Kopfnicken zu verstehen gab, dass sie einsteigen sollte.
„Wie weit ist es denn bis Pinebell?“, fragte sie gegen den Lärm der startenden und landenden Flugzeuge um sie herum anschreiend.
„Ungefähr eine Stunde Flugzeit.“ Ryan verstaute ihren Koffer im hinteren Teil der Maschine und kletterte dann auf den Pilotensitz.
„Eine Stunde?!“ Was sollte sie nur eine ganze Stunde lang mit diesem Kerl reden? Und wo lag Pinebell überhaupt?
Sie wiederholte ihre letzte Frage laut, während sie mit klopfendem Herzen zu ihm ins Flugzeug kletterte und sich anschnallte. In ihrem ganzen Leben hatte sie noch nie in einer so kleinen Maschine gesessen und schon gar nicht direkt neben dem Piloten!
Die ganze Konzeption schaukelte wie ein Boot vor und wieder zurück, und Hannah zwang sich, nicht auf das Wasser zu blicken. Sie war hier, um Abenteuerurlaub zu machen, sie hatte es ja nicht anders gewollt.
„Pinebell liegt direkt zwischen einigen Bergen und einem See.“
Tolle Antwort.
„Und wie viele Einwohner hat es?“, fragte sie unbeirrt weiter.
„Vielleicht achthundert, mehr oder weniger.“ Ryan drückte ein paar Knöpfe und als sich die Maschine in Bewegung setzte, machte ihr Magen einen Sprung.

Achthundert! Das war definitiv ein Abenteuer. Nie zuvor hatte Hannah in so einer kleinen Stadt gelebt. Das war in der Tat etwas anderes, als der Broadway in New York oder Malibu.
Doch Ryan ließ ihr keine Zeit, weiter darüber nachzudenken. Er lenkte seine Maschine direkt auf den See hinaus, und sie konnte über die Kopfhörer bereits den Tower hören.
Ihr Herz klopfte so laut, dass sie glaubte, er würde es hören.
Sie hatte wirklich Angst und dabei machte ihr das Fliegen normalerweise nicht sonderlich viel aus. Aber hier, in dieser winzig kleinen Maschine, war das etwas ganz anderes. Noch dazu war ihr Ryan noch immer suspekt, gutes Aussehen hin oder her. Sie fragte sich zum wiederholten Male, wie Dietmar Lohmeier ihr so eine wichtig Information wie die Weiterreise mit einem Wasserflugzeug hatte verschweigen können?
„Bist du bereit?“
Er trug wieder seine schwarze Sonnenbrille und so etwas wie ein Lächeln umspielte seine Mundwinkel, als er sie fragend ansah.
Hannah konnte es kaum glauben: Der Mann konnte lächeln!
Nickend sah sie ihm dabei zu, wie er die verschiedensten Knöpfe am Armaturenbrett drückte und nur wenige Sekunden später schossen sie auch schon über das Wasser.
Sie kniff die Augen zusammen und spürte, wie sich die Fingernägel tief in ihre Handflächen bohrten.

Ihr Magen schlug Purzelbäume und kleine Schweißperlen rannen ihr über die Stirn. Sie war froh, dass sie sich selber nicht sehen konnte. Sie musste wahrlich erbärmlich aussehen.

Erst, nachdem sie ihre Reisehöhe erreicht hatten, wagte sie es, wieder die Augen zu öffnen. Vorsichtig blickte sie zu Ryan hinüber, der vollkommen entspannt in seinem Cockpit saß und den Blick starr nach vorne gerichtet hielt.

Unsicher sah sie nach rechts und entdeckte unter sich eine unglaublich grüne Landschaft. Bäume, Berge und Seen flogen unter ihnen hinweg und ihr blieb vor Staunen fast der Mund offen stehen.

Dieses Grün war einfach atemberaubend!

„Es sieht schön aus", sagte Hannah schließlich, mehr zu sich selbst, als zu ihm.

Das war also Alaska, der Teil der USA, mit dem sie sich bis zum heutigen Tage nie näher auseinandergesetzt hatte. Alle Vorstellungen, die Hannah von Amerika gehabt hatte, schienen auf dieses Gebiet definitiv nicht zuzutreffen: viele Menschen, hippe Läden und hohe Gebäude gab es in diesem Teil der Welt scheinbar nicht.

Allerdings war sie sich mit einem Mal gar nicht mehr so sicher, ob sie das wirklich so tragisch fand.

Sie warf wieder einen Blick zu Ryan hinüber, der jedoch vollkommen in Gedanken vertieft zu sein schien.

Wie es wohl sein musste, hier zu leben?

Harry hatte sich schließlich ganz bewusst dazu entschieden. Er war wie sie selbst in Deutschland aufgewachsen und hatte sich dann, wenn sie sich recht an Dietmar Lohmeiers Erzählung erinnerte, während einer Reise nach Kanada in Annie verliebt. Und Annie stammte aus Alaska. Hannah hatte Harrys Frau noch nicht kennengelernt, aber sie fragte sich, ob alle Einwohner Alaskas so wortkarg und schroff waren wie Ryan.

Seine unzugängliche Art verwirrte sie, andererseits war sie aber auch froh, dass er sie in Ruhe ließ. Sie war noch immer wahnsinnig müde. Das Adrenalin, das sein Auftauchen mit sich gebracht hatte, ließ langsam nach, und sie spürte, wie ihr immer wieder die Augen zu fielen. Das Letzte, an was sie sich im Nachhinein noch erinnerte, war der strahlend blaue Himmel vor ihnen und ein gigantisch großer See zu ihren Füßen.

Ryan betrachtete seinen schlafenden Fluggast aus den Augenwinkeln. Das Mädchen sah müde aus, dunkle Ringe zeichneten sich deutlich unter ihren Augen ab und das leicht sommersprossige Gesicht wirkte blass und erschöpft.

Erst hatte er in der Ankunftshalle des Flughafens an ihr vorbeigehen wollen. Sie sah nicht aus, wie die taffe Reisereporterin, die Harry ihm beschrieben hatte. Doch eigentlich hatte Harry selbst keine Ahnung gehabt, wer Hannah Wagner eigentlich war und wie sie aussah. Alles was Harry wusste war, dass der Mann seiner Tante eine seiner Mitarbeiterinnen nach Alaska schicken wollte, um ihnen beim Start ihrer kleinen Reiseagentur ein wenig unter die Arme zu greifen. Und nun saß Harry wegen eines defekten Abwasserrohrs in einer seiner beiden Gästehütten in Pinebell fest und hatte Ryan gebeten, ohne ihn nach Anchorage zu fliegen, um das Mädchen abzuholen.

Er hatte Harrys Bitte nicht abschlagen können. Er war schließlich der Mann seiner Schwester Annie, die kurz vor der Entbindung ihres ersten Kindes stand und in ihrem kugelrunden Zustand schon genug um die Ohren hatte.

Hannah sah viel jünger aus, als Ryan erwartet hatte. Ihre dunklen Locken und das sommersprossige Gesicht passten nicht zu dem Bild, welches er von Reportern im allgemeinen und Reisejournalisten im speziellen hatte. Sie wirkte viel zu ruhig und zurückhalten, und er ertappte sich dabei, wie er ihr während des Fluges immer wieder einen kurzen Blick zuwarf.

Der Umstand, dass sie solch ein Interesse in ihm weckte, nervte ihn. Er hatte keine Zeit, sich über sie Gedanken zu machen, und er wollte es auch nicht. Dieses Kapitel in seinem Leben war abgehakt. Alles, was er wollte war, sie ganz schnell in Pinebell abzuliefern, um dann weiter nach Fairbanks zu fliegen.

Fliegen, das war alles, was für ihn zählte. Die Weite des Himmels und die wunderschöne Landschaft zu seinen Füßen gaben ihm die Ruhe, die er in seinem Leben so dringend brauchte.

Kapitel 3

„Hannah, wach auf!“

Sie blinzelte. Wo war sie? Und wieso schmerzte ihr Nacken so unnatürlich stark?

„Hannah!“ Die Stimme klang ungeduldig.

Wenig elegant richtete sie sich auf und stellte fest, dass sie in einem Cockpit saß. Angeschnallt und mit einem schiefen Kopfhörer auf den Ohren.

Erschrocken wollte sie aufspringen, doch der Gurt hielt sie schmerzhaft zurück. Sie schwankte, stieß mit dem Kopf gegen die niedrige Decke und hielt sich stöhnend ihre Stirn.

„Ist alles ok?“

Jetzt erst entdeckte sie Ryan, der neben der geöffneten Tür des Wasserflugzeuges stand und sie eingehend musterte.

Ryan! Sie hatte seine Anwesenheit vollkommen verdrängt.

Benommen wischte sie sich über das Gesicht und hoffte inständig, dabei auf keinerlei Spuckefäden neben ihrem Mund zu stoßen. So viel Genugtuung wollte sie ihm ganz sicher nicht gönnen.

Seine Augen waren noch immer hinter seiner Fliegerbrille verborgen und sein Gesichtsausdruck wirkte noch genauso unnahbar, wie bei ihrer ersten Begegnung.

„Ich komme zurecht“, murmelte sie verlegen und löste unbeholfen ihren Gurt. Vorsichtig trat sie auf den kleinen Vorsprung unterhalb der Türöffnung und sprang hinunter

auf den – Steg? Hatten sie tatsächlich an einem Steg angelegt?
Ihr wurde einen Moment lang schwindelig, als sie einen Blick auf ihre Umgebung warf. Um sie herum gab es nicht als Wasser und Wälder.
„Wo sind wir?“
„In Pinebell.“ Ryan griff nach ihrem Koffer, den er offensichtlich schon ausgeladen hatte, und lief voran auf das Ufer zu.
Mit wackeligen Beinen folgte Hannah ihm.
Das Holz schwankte unter ihren Füßen, doch sie zwang sich weiterzugehen.
'Abenteuerurlaub', wiederholte sie immer wieder in ihrem Kopf. *„Ich bin hier für Abenteuerurlaub“*. Genau das hatte Dietmar Lohmeier ihr aufgetragen, das war ihr Job. Sie würde das durchstehen, schlimmer konnte es ja eigentlich nicht mehr werden, oder etwa doch?
Ryan wartete bereits am Ufer auf sie, als Hannah endlich wieder festen Boden unter ihren Füßen spürte und sich suchend umsah.
„Er ist nicht da“, sagte er knapp.
„Wer?“, fragte sie leicht begriffsstutzig.
„Harry. Ich hatte vor unserem Abflug eine Nachricht an ihn übermittelt, aber er ist nicht gekommen.“
„Ist es denn weit bis zu ihm?“
Ryan zuckte die Achseln und machte ein paar Schritte auf einen kleinen Weg zu, der hinauf auf eine Straße zu führen schien.

„Ich fahr dich“, sagte er wenig begeistert und wies mit dem Kopf die Böschung hinauf.
„Zu freundlich“, murmelte sie missmutig und folgte ihm den schmalen Pfad hinauf. Oben angekommen entdeckte sie einen großen Pickup, der weit moderner aussah, als sie erwartet hatte.
Ryan warf ihren Koffer auf die Ablagefläche und öffnete die Beifahrertür, um sie einsteigen zu lassen.
„Vielleicht haben sie noch Probleme“, begann Hannah zaghaft, während sie sich mühsam in die Fahrerkabine zog. Auch in Alaska schien alles ein bisschen größer zu sein, als im Rest der Welt. Mit ihren gerade mal einen Meter sechzig musste sie aussehen wie ein Zwerg, der sich an ein riesiges Auto klammerte.
„Vielleicht.“ Er zuckte die Schultern und umrundete den Pickup, um ebenfalls einzusteigen.
Hannah war froh, dass er nicht sehen konnte, wie sehr sie sich abmühte. Obwohl Ryan ganz sicher der letzte Mann war, auf den sie Eindruck machen wollte, war es ihr doch unangenehm, sich vor seinen Augen mit der Eleganz eines Nilpferdes zu bewegen. Er musste sie schon jetzt für eine komplette Grobmotorikerin halten – eine Grobmotorikerin mit Schlabberklamotten und Augenringen bis zu den Knien. Sie hoffte inständig, dass sie während ihres gemeinsamen Fluges nicht geschnarcht hatte.
Noch ehe sie es sich so richtig im Pickup bequem gemacht hatte, startete er auch schon den Motor, und Hannah entdeckte unwillkürlich starke Parallelen zwischen dem flie-

genden und autofahrenden Ryan: Nicht lange warten, gleich starten.
Bloß nicht eine Sekunde länger als nötig mit ihr verbringen. Wahrscheinlich stank sie nach ihrer Anreise mittlerweile wie ein Iltis. Ob es hier in Alaska überhaupt Iltisse gab?
Unauffällig warf Hannah einen Blick in das Seitenfenster, in dem sich deutlich ihr übermüdetes Gesicht widerspiegelte. Alles in allem sah sie wirklich zum Fürchten aus.
Leise seufzend strafte sie die Schultern und heftete ihren Blick auf die vor ihnen liegende Straße. Im Grunde genommen war es doch egal, wie sie aussah. Sie saß irgendwo im Nirgendwo in einem riesigen Pickup neben dem wahrscheinlich unfreundlichsten Einwohner Alaskas und wollte nur noch eines: Schlafen.
Unmittelbar dachte sie an den langen Weg, den sie bereits bis hierher zurückgelegt hatte und schon allein der Gedanke an eine ebenso strapaziöse Rückreise, trieb ihr die Tränen in die Augen.
Unauffällig wischte sie sich über das Gesicht. Unendlich viele Bäume rauschten an ihnen vorbei. Nur hin und wieder begegnete ihnen überhaupt ein anderes Auto. Ansonsten war außer dem gleichmäßigen Rauschen des Fahrtwindes nicht viel zu hören.
Irgendwann, Hannah wusste nicht mehr wie viel Zeit inzwischen vergangen war, bog Ryan von der betonierten Straße auf einen Waldweg ab und fuhr schaukelnd einige Meter in die dichten dunklen Bäume hinein. Gerade, als sie dachte, sie würden nicht weiterkommen, öffnete sich der

Weg zu einem großen Vorplatz, an dessen Ende ein hübsch aussehendes Holzhaus stand.

Es war größer, als sie erwartet hatte. Ein kleiner Lastwagen parkte neben einer geöffneten Garage und ein ausladender Balkon im ersten Stock des Hauses, wies mitten in den Wald hinein.

Beeindruckt ließ sie den Blick über das Gelände streifen, während Ryan den Motor seines Pickups stoppte und hinaus auf den Vorplatz sprang. Zögernd folgte sie seinem Beispiel und schloss für einen kurzen Moment die Augen.

Es war herrlich ruhig an diesem Ort.

Fast schon zu ruhig.

„Sie sind nicht hier." Der Frust in Ryans Stimme war kaum zu überhören. Anscheinend fürchtete er, sie nun gar nicht mehr loszuwerden.

„Das ist ok, ich komme schon klar", sagte sie schnell, obwohl sie sich dessen gar nicht so sicher war.

„Annie? Harry?" Er ging auf das Haus zu und öffnete die Tür.

Zu ihrer Überraschung war diese nicht verschlossen, doch Ryan schien das nicht weiter zu beunruhigen. Er verschwand im Innern und ließ sie allein auf dem Platz zurück.

Hannah sah sich um. Hier war wirklich keine Menschenseele. Es war schön, irgendwie zumindest. In der Ferne konnte sie eine kleine Holzhütte erkennen, die sich zwischen den Bäumen unauffällig eingenistet zu haben schien. Vielleicht waren sie ja dort?

Gerade, als sie ein paar Schritte darauf zu machen wollte, kam Ryan wieder aus dem Haus zurück.
„Harry ist mit Annie ins Krankenhaus gefahren.“ Er wirkte gleichzeitig besorgt und verärgert. „Ich vermuten, dass das Kind früher kommt, als gedacht.“ Er schien mehr mit sich selbst zu reden, als mit ihr.
„Das Kind?“, fragte sie begriffsstutzig.
„Ja, Annie ist schwanger.“
„Das wusste ich nicht“, gab sie kleinlaut zurück. Was hatte ihr Dietmar Lohmeier eigentlich noch alles verheimlicht?
„Hast du mit ihm gesprochen?“, fragte sie, nachdem sie sich wieder gefangen hatte.
Er schüttelte den Kopf und blieb ratlos neben seinem Pickup stehen.
„Ich habe kein Handy. Hier gibt es eh kaum Empfang... und ich kann diesen Dinger nichts abgewinnen.“
Großartig, das war ja tatsächlich wie eine Reise in die Vergangenheit. Hannah dachte an ihr eigenes Handy, was immer noch nach Netz suchend in ihrer Tasche leise vor sich hin funkte. Wie sollte sie hier mit ihrem Arbeitgeber in Kontakt bleiben?
Gar nicht, lautete die schlichte Antwort.
Und auch nicht mit Lisa, ihrer Mutter und all den anderen Menschen, die in Deutschland auf eine Nachricht von ihr warteten.
„Er hat mir einen Zettel geschrieben. Das Ding ist“, er seufzte schwer. „Das Ding ist, sie sind nach Whitehill gefahren. Das liegt zwei Stunden entfernt, und Harry weiß nicht, wie lange sie dort bleiben werden.“

„Das ist nicht schlimm“, beeilte sie sich zu sagen, als sie sein frustriertes Gesicht sah. „Ich komme wirklich klar.“
„Ich kann dich hier nicht alleine lassen. Du hast du überhaupt keine Ahnung von Pinebell oder von Alaska oder von sonst irgendwas.“ Die letzten drei Worte hatte er nur noch gemurmelt, doch Hannah hatte ihn trotzdem verstanden, und es machte sie wütend.
„Ach ja, du weißt, wovon ich Ahnung habe?“ Sie stemmte die Hände in die Hüften und funkelte ihn böse an.
„Du machst jedenfalls nicht den Eindruck, als könnte ich dich in einem Wald voller Bären, Wölfe und Elche alleine lassen.“
Bären, Wölfe und Elche? Sie spürte, wie ihr mulmig zumute wurde. Nein, er hatte Recht, er konnte sie in so eine Umgebung ganz sicher nicht alleine lassen. Doch wo sollte sie hin?
„Komm.“ Er wies mit dem Kopf auf seinen Wagen.
„Wohin?“ Vielleicht gab es ja ein kleines Bed And Breakfast in der Stadt?
„Ich nehme dich mit zu mir. Du siehst aus, als bräuchtest du dringend Schlaf und vielleicht sind die beiden in ein paar Stunden ja auch schon wieder zurück.“
„Gibt es kein Hotel?“ Die Aussicht, noch mehr Zeit mit diesem Mann verbringen zu müssen, gefiel Hannah alles andere als gut. Wer glaubte er eigentlich zu sein, dass er sich erlauben durfte ihr zu sagen, dass sie müde aussah?
Sie fühlte sich wie ein trotziges, kleines Kind.
„Wir sind in Pinebell.“ Mehr sagte er nicht dazu.

Widerstrebend nickte sie und zwang sich zu einem leisen „Danke“, ehe sie sich wieder hinauf in die Fahrerkabine zog.
Schweigend wendete Ryan den Wagen und fuhr zurück auf die asphaltierte Straße.
Er schien nicht weit von Harry und Annie entfernt zu leben, denn schon nach kurzer Zeit bog er bereits wieder in einen Waldweg ein und fuhr auf einen See zu, dessen Oberfläche schon von weitem durch die Bäume schimmerte.
Als er den Wagen abermals stoppte, sah sie vor ihnen ein kleines einstöckiges Holzhaus stehen, bei dessen Anblick sie nur allzu gerne in verzückte Schreie ausgebrochen wäre. Doch Hannah riss sich gerade noch einmal zusammen und stieg erst aus dem Wagen, als er auffordernd die Beifahrertür öffnete.
„Ich habe eine große Couch. Da kannst du dich ausruhen.“
Sie nickte nur und folgte ihm dann mit wackeligen Knien die schmale Treppe zur Veranda hinauf. Er schien allein zu leben. Hannah konnte weit und breit kein Anzeichen für eine Frau oder gar Kinder entdecken.
Scheinbar schien es niemand länger als nötig mit ihm auszuhalten, gutes Aussehen hin oder her.
Diese Tatsache wirkte irgendwie tröstend auf sie.
Neugierig sah sie sich um, als sie ihm in ein gemütlich eingerichtetes Wohnzimmer folgte. Ein großes Sofa stand vor einer Fensterfront mit direktem Blick auf den See.

Das ganze Panorama nahm ihr fast den Atem. Es sah aus, wie in einem Buch.
„Das ist... hübsch“, murmelte sie.
„Die Hütte hat nur zwei Räume, in dem anderen Raum ist mein Schlafzimmer. Ist das Sofa ok für dich?“ Er sah sie nicht an.
„Ja... danke.“ Das Sofa war mehr als ok, doch irgendwie fühlte es sich falsch an, hier zu sein. Das hier war sein Heim, und wenn sie hier schlief, konnte er sie jederzeit dabei beobachten. Die Vorstellung gefiel ihr ganz und gar nicht. Doch was hatte sie für eine Alternative?
„Dort drüben ist das Bad. Ich lege dir Handtücher hin, dann kannst du dich erst einmal frisch machen.“
Wahrscheinlich roch sie wirklich nicht mehr sonderlich angenehm.
„Und dort ist die Küche. Du kannst alles nutzen. Kaffee ist im Schrank, im Kühlschrank sind auch ein paar Sachen, falls du Hunger bekommen solltest.“ Er sprach so schnell, dass sie ihm kaum folgen konnte.
„Bleibst du nicht hier?“, fragte sie zaghaft, als er bereits wieder einen Schritt auf die Tür zu machte.
Er schüttelte den Kopf.
„Ich muss arbeiten. Es ist erst drei Uhr.“
„Oh... klar.“ Natürlich, wie konnte sie nur so dumm sein? Nur, weil sie sich im Urlaubsmodus befand, mussten anderen Menschen ja trotzdem ihrer Arbeit nachgehen.
„Ruh dich aus, ich hab Harry eine Nachricht zurückgelassen, wo er dich finden kann.“

Hannah nickte und sah zu, wie er in dem Raum verschwand, welchen er als sein Schlafzimmer bezeichnet hatte, nur um kurz darauf mit einem Stapel Handtücher im Arm zurückzukommen. Er legte sie auf einen Stuhl neben der Tür.

„Das ist... danke!“, sagte sie schnell, als er ihr zum Abschied kurz zunickte und gleich darauf auch schon die Haustür krachend hinter ihm ins Schloss fiel.

Einen Augenblick später war auch schon das Aufheulen des Motors zu hören.

Wie angewurzelt blieb Hannah stehen, bis sie außer ihrem eigenen Atem nichts mehr hören konnte.

Sie war allein.

Das allererste Mal nach über achtundzwanzig Stunden.

Und sie war an einem Ort, an dem sie weder sonderlich willkommen, noch sonderlich gerne war.

Das Ganze fühlte sich schon jetzt sehr nach einem einzigen Abenteuer an.

Ryan war genervt. Nicht nur, dass er über eine Stunde zu spät zu Dean kam, um dessen Ware abzuholen und nach Fairbanks zu fliegen, nein, nun hatte er zu allem Überfluss auch noch einen Übernachtungsgast in seinem Haus.

Wieso nur hatte er sich überhaupt auf Harrys Bitte eingelassen und dieses Mädchen in Anchorage überhaupt abgeholt?

'Weil ich der einzige Pilot weit und breit in Pinebell und Umgebung bin', gab er sich selbst die Antwort. Dass Annies Baby frü-

her als erwartet kommen würde, damit hatte nun wirklich niemand gerechnet, am allerwenigsten Annie selbst.
Er machte sich Sorgen um seine kleine Schwester. Sie war zäh, ja, das stimmte, aber das Baby war mindestens 4 Wochen zu früh dran und das war alles andere als eine gute Nachricht. Am besten würde er von Dean aus gleich einmal im Krankenhaus von Whitehill anrufen und nach Harry fragen. Vielleicht würde ihn das Telefonat zumindest ein wenig beruhigen.
Und dann das Mädchen.
Die Frau.
Sie sah wirklich jung aus. Vielleicht eher wie Anfang zwanzig. Klein, schlank, mit leichten Sommersprossen und dunklen langen Locken. Er konnte kaum glauben, dass sie nur ein wenig jünger sein sollte, als er selbst es war. Seine Haare waren längst von langen, silbrig glänzenden Strähnen durchzogen, die in der Sonne wie Highlights glänzten und auch sein Bart wies bereits das eine oder andere graue Haar auf. Doch wenn er Harry richtig verstanden hatte, war Hannah fast dreißig und soweit er hatte sehen können unverheiratet. Aber auch ungebunden?
Und selbst wenn es jemanden in ihrem Leben gab, was interessierte ihn das? Und wieso dachte er überhaupt über sie nach? Über sie und ihren komischen Auftrag. Er wusste, dass sie nur hier war, um Harrys und Annies neustes Projekt ein wenig unter die Lupe zu nehmen: Abenteuerurlaub in der Wildnis. Mit Camping, Polarlichtern und Tierbeobachtung.

Ryan bezweifelte, dass Harry tatsächlich Zeit dafür finden würde. Wahrscheinlich war das arme Mädchen ganz umsonst so weit gereist und saß nun in Pinebell fest.
Er konnte sich zwar wahrlich Schlimmeres vorstellen, aber so verschreckt, wie sie auf ihn gewirkt hatte, schien Alaska nicht wirklich das Ziel ihrer Träume zu sein.
Hoffentlich schnüffelte sie nicht in seinem Haus herum.
Er mochte keine Fremden bei sich Zuhause, er mochte generell niemanden dort haben und schon gar nicht dieses Mädchen.
Egal, er hatte keine andere Wahl gehabt. Pinebell besaß zwar ein Café mit zwei Gästezimmern, aber diese waren durch den langsam aufkeimenden Tourismus in Alaska bereits seit Monaten ausgebucht. Genau aus diesem Grund waren Harry und Annie auch überhaupt erst auf die Idee mit dem Abenteuerurlaub gekommen.
Die Arbeit in der Fischfabrik gefiel Harry schon seit Monaten nicht mehr, das wusste Ryan. Auch die langen Fahrten dorthin, hatte nicht unbedingt seine Motivation gesteigert. Kurzum, Harry und Annie hatten sich nach einer anderen Einkommensquelle umgesehen und schließlich den Entschluss gefasst, zukünftig kleine Touristengruppen durch Alaskas Wildnis zu führen.
Nur bisher war niemand gekommen und deswegen hatte Harry kurzerhand seine Tante in Deutschland kontaktiert und sie um Hilfe gebeten. Das Ergebnis schlief nun auf Ryans Couch. Er schnaubte verärgert durch die Nase.
Und jetzt auch noch das Baby.
Er seufzte tief und schob sich die Sonnenbrille ins Haar.

Er musste in Whitehill anrufen und das am besten sofort.

Hannah sah sich unsicher in dem unverhältnismäßig großen Wohnzimmer des kleinen Hauses um. Ryan hatte ihren Koffer neben das Sofa gestellt, und sie war dankbar, dass das gute Stück wohlbehalten mit ihr an diesem Ort angekommen war.

Mit klammen Fingern öffnete sie den Reißverschluss ein Stück und klappte ihn vorsichtig auseinander. Es war noch alles da.

Behutsam zog sie ein Sweatshirt und eine Jogginghose hervor und griff nach ihrer Kosmetiktasche. Sie musste dringend duschen und dann würde sie schlafen.

Endlich.

Ihre Augenlider flatterten.

Sie war so müde, dass es ihr mittlerweile egal war, dass sie tatsächlich an diesem Ort übernachten sollte. Alles, was sie wollte, war einfach nur die Augen zu schließen und zu schlafen.

Zögernd richtete sie sich auf und trat auf die Tür zu, hinter der sich nach Ryans Beschreibung das Badezimmer verbarg. Zu ihrer Überraschung schien das Haus tatsächlich eine richtige Toilette mit Dusche zu besitzen.

Erleichtert schloss sie die Tür hinter sich und sah sich um.

Das Bad war gefliest und auf der Spiegelablage über dem Waschbecken befand sich neben einem Bartschneider nur noch eine Zahnbürste und ein Deospray. Der Mann lebte wirklich spartanisch.

Langsam pellte sich Hannah aus ihrer Reisekleidung und ließ sie achtlos auf den Boden fallen. Als sie endlich das warme Wasser auf ihrer Haut spürte, schloss sie genüsslich die Augen.
Fast wäre sie bereits unter der Dusche im Stehen eingeschlafen, doch mit letzter Kraft schaffte sie es noch, sich abzutrocknen und in ihre Sachen zu schlüpfen. Ihr nasses Haar flocht sie zu einem Zopf und wankte dann schläfrig zurück ins Wohnzimmer, wo sie sich direkt auf die einladend aussehende Couch fallen lies.
Eine dicke Decke lag zu ihren Füßen.
Dankbar hob Hannah sie auf und wickelte sich darin ein.
Ein letztes Mal ließ sie ihren Blick über das selten schöne Panorama des Sees gleiten, dann war sie auch schon eingeschlafen.

Ryan öffnete die Haustür und lauschte in das Innere der kleinen Holzhütte hinein. Es war kurz nach acht, und es wurde langsam dunkel. Die weißen Nächte Alaskas waren für dieses Jahr wohl nun endgültig vorbei, und Ryan spürte leichtes Bedauern darüber in sich aufsteigen.
In der Hütte war alles still.
Leise zog er seine Jacke aus und hängte sie neben die Tür, bevor er das Wohnzimmer betrat.
Sein Blick fiel zuallererst auf das Sofa, in dessen Mitte ein kleines, zusammengerolltes Bündel lag und schlief.
Wie winzig sie doch war.
Viel kleiner als er selbst.

Er machte einen Schritt auf die Zimmermitte zu und betrachtete das schlafende Mädchen einen Augenblick lang. Sie hatte wirklich keinerlei Ähnlichkeit mit den Frauen um die dreißig, mit denen er eine Zeit lang ein und das selbe Büro geteilt hatte. Ryan schüttelte abwehrend den Kopf. Daran wollte er jetzt wirklich nicht denken.
Sein Blick wanderte über ihr schlafendes Gesicht und die einzelnen Strähnen ihrer Locken, die sich frech aus dem Zopf neben ihrem Kopf gelöst hatten. Scheinbar hatte sie geduscht und sich umgezogen. Genau das würde er jetzt ebenfalls tun.
Wenn er Harry richtig verstanden hatte, würde Hannah noch eine Weile bei ihm bleiben müssen. Er hatte seinen Schwager tatsächlich im Whitehall-Krankenhaus erreichen können und so wie es aussah, war seine Schwester kurz davor, in den nächsten Tagen seinen Neffen auf die Welt zu bringen. Er war froh, dass es Annie den Umständen entsprechend gut ging, doch sie würde noch ein wenig im Krankenhaus bleiben müssen, so dass Harry keine Zeit haben würde, sich um Hannah zu kümmern.
Nun gut, das würde er auch noch überstehen.
Nachdenklich zog er sich das T-Shirt über den muskulösen Oberkörper und ließ seinen Blick einen Moment lang über die unzähligen Tattoos gleiten. Es war kaum noch Platz auf seiner Brust und seinem Bauch, nur sein linker Arm war noch weitestgehend frei, und Ryan fragte sich unwillkürlich, was Hannah wohl davon halten würde.
Verwirrt über seine eigenen Gedanken wandte er den Blick ab und stellte sich unter den eiskalten Strahl der Dusche.

Er musste sich abkühlen. Solche Gedanken hatte er schon seit Jahren nicht mehr gehabt und eines wusste er genau: damit wollte er auch gar nicht erst wieder anfangen.

Kapitel 4

Die Sonne blendete Hannah, als sie die Augen öffnete und direkt hinaus auf ein wunderschönes Seepanorama blickte. Wo war sie?
Orientierungslos setzte sie sich auf und sah sich verschlafen im Zimmer um. Sie entdeckte ihren geöffneten Koffer, der direkt neben dem bequemen Sofa stand, auf dem sie die letzten Stunden tief und fest geschlafen hatte.
Richtig, sie war in Alaska.
In Pinebell.
Bei Ryan.
Ach herrje.
Zerstreut griff sie nach ihrem Handy, das noch immer das 'Suchen'-Symbol auf dem Display anzeigte und damit eindrucksvoll demonstrierte, dass sie hier noch immer kein Netz hatte. Ihr Blick blieb an der Uhrzeit hängen. Es war halb acht.
Morgens oder abends? Ihr Kopf ratterte. Draußen war es so hell, dass sie sich nicht sicher sein konnte. Auch in Alaska ging die Sonne im Sommer nicht richtig unter, aber es war bereits September, und so schloss sie, dass die Sonne gerade erst aufgegangen sein musste. Sie stand noch nicht sonderlich hoch und leuchtete strahlend von einem wolkenlosen blauen Himmel.
Sie warf einen erneuten Blick auf ihr Handy. Die Uhr hatte sie nach ihrer Landung am Flughafen in Anchorage

gleich umgestellt, in Deutschland musste es jetzt also ziemlich genau halb zehn am Abend sein.
Sie musste dringend ihre Mutter anrufen! So wie Hannah sie kannte, zappte sie sich schon seit Stunden vor Sorgen durch sämtliche TV-Programme, immer auf der Suche nach einer Katastrophenmeldung aus dem beschaulichen Alaska, die ihre Tochter daran gehindert haben musste, sich bei ihr zu melden. Wer dachte in Berlin schon über komplette Funklöcher und kein Internet nach? Die Hälfte aller dort ansässigen Hipster hätte schon nach wenigen Stunden ohne Netz fluchtartig die Stadt verlassen und die andere Hälfte hätte umgehend ein Start-Up gegründet, um so etwas wie ein funktionierendes Funknetz überhaupt erst zu erfinden.
Hannah musste bei dem Gedanken daran lächeln. Zu ihrer Überraschung vermisste sie die große, laute Stadt nicht im geringsten, aber sie hielt sich ja auch noch nicht einmal 24 Stunden in der Einöde auf.
Um ihre Mutter endlich von ihren Qualen erlösen zu können, scannte sie mit den Augen den behaglich eingerichteten Raum nach einem Festnetzanschluss ab. Doch so sehr sie sich auch bemühte, sie konnte keinen entdecken. Ryan schien wirklich nicht viel vom Telefonieren zu halten.
Ryan.
Sie setzte sich gerade auf und schwang die Füße auf den Boden. Der Teppich, der unter dem Sofa lag, fühlte sich weich an, und sie vergrub genüsslich ihre Zehen in den dichten flauschigen Fransen.
War er überhaupt schon wieder da?

Natürlich war er das. Sie hatte zwar keine Ahnung, was er genau arbeitete, aber auch jemand wie er musste ganz sicher mal schlafen.
Sie gähnte herzhaft und fragte sich, wie lange sie wohl auf diesem Sofa gelegen hatte. Hatte er sie gesehen? Oder war er nach Hause gekommen und gleich in seinem Zimmer verschwunden?
Sie stand auf und warf einen Blick in den kleinen Flur, wo seine Jacke fein säuberlich neben der Eingangstür hing.
Er war tatsächlich Zuhause.
Und sie hatte fast sechzehn Stunden geschlafen!
Ihr Magen knurrte unwillkürlich. Seit ihrem Aufenthalt in Seattle hatte sie nichts mehr gegessen.
Ein kurzer Blick in den Spiegel zeigte ihr, dass sie ziemlich zerknautscht aussah. Vorsichtig löste sie die Überreste ihres Zopfes und ließ sich die dicken schweren Locken ins Gesicht fallen. Sie wippten sanft bis auf ihre Brust hinunter, und es tröstete sie, dass wenigstens sie die Anreise hierher unbeschadet überstanden hatten.
Ohne lange zu überlegen suchte sie nach einer Jeans und einem passenden weißen Hemd und verzog sich wieder in das kleine Bad.
So leise sie konnte, wusch sie sich das Gesicht und tuschte sich anschließend die Wimpern. Noch ein wenig Rouge auf beide Wangen, und sie sah längst nicht mehr so zerstört aus, wie bei ihrem ersten Zusammentreffen mit Ryan.
Zufrieden lächelte sie ihr Spiegelbild an, nur um gleich darauf von ihrem Magen unsanft daran erinnert zu werden, dass es höchste Zeit für eine Mahlzeit war.

Ohne sich weiter über ihre Aussehen Gedanken zu machen, öffnete sie die Tür und stieß einen kleinen erschreckten Schrei aus, als sie direkt gegen etwas Hartes prallte. Hannah taumelte zurück und hielt sich erschrocken die Hand vor den Mund, als sie ihn endlich erkannte.
Es war Ryan.
Er stand da, nur mit einer Jeans bekleidet, und als sie ihn so sah, wurde ihr unwillkürlich heißt und kalt zugleich. Ihr Blick schoss über seinen nackten Oberkörper, blieb an jedem einzelnen der unzähligen Tattoos hängen, während ihr Mund so trocken wurde, dass sie keinen Laut mehr hervorbringen konnte.
„Entschuldige, ich dachte, du schläfst noch“, murmelte er und machte auf dem Absatz kehrt, um zurück in sein Schlafzimmer zu gehen.
Wenige Sekunden später kam er auch schon zurück, den Oberkörper nun mit einem schwarzen T-Shirt bedeckt.
Hannah schluckte schwer.
Wieso nur sah der Kerl so unverschämt gut aus?
„Ich...“ Sie stockte, als ein lautes Knurren einsetzte und presste beschämt eine Hand auf ihren Magen.
„Ich mache Frühstück, du musst ja halb verhungert sein.“ Ohne sie eines weiteren Blickes zu würdigen, schob sich Ryan an ihr vorbei auf die offene Küchenzeile zu.
„Das musst du nicht“, beeilte sie sich zu sagen. Ihr war noch immer ganz warm, und ihr Herz klopfte vor Verlegenheit gleich einen Takt schneller.

„Pancakes? Spiegeleier?“ Er ignorierte ihren Einwand und noch ehe sie widersprechen konnte, knurrte ihr Magen erneut laut und vernehmlich.
Sie sah ein Lächeln über Ryans Gesicht huschen.
„Pancakes und Spiegeleier“, sagte er trocken und begann, verschiedene Zutaten aus dem Kühlschrank zu nehmen.
„Kann ich dir irgendwie helfen?“, fragte sie verlegen und strich sich eine dicke Locke aus der Stirn.
„Nein, danke. Setz dich ruhig, ich brauche nicht lange.“ Er wandte sich von ihr ab und suchte geschäftig nach zwei Pfannen, die er galant auf dem altmodischen Gasherd drapierte.
Hannah seufzte leise und gab sich geschlagen. Dieser Mann gab ihr wahrlich Rätsel auf. So unwirsch er war, so zuvorkommend konnte er im nächsten Augenblick sein, ohne dabei jedoch allzu viel Freundlichkeit auszustrahlen. Sie hatte keine Ahnung, in welchem Verhältnis er zu Harry stand, aber vielleicht war das hier in Alaska eben so: Man half sich, wenn es drauf ankam.
'Eigentlich schön', überlegte Hannah im Stillen, während sie an dem massiven Esstisch Platz nahm, der zwischen Sofa und Küchenzeile stand und ebenfalls einen herrlichen Blick auf den schimmernden See freigab. Der Ausblick war wahrlich nicht zu vergleichen mit den grauen Mehrfamilienhäuser, auf die sie jeden Morgen nach dem Aufstehen blicken durfte. Erst vor zwei Tagen war sie von ihrem Zuhause aus aufgebrochen, doch es kam ihr so vor, als wäre sie bereits seit Jahren nicht mehr dort gewesen. Sie war in

einer völlig anderen Welt gelandet und noch war sie sich nicht sicher, wie sie diesen Umstand tatsächlich fand.
„Harry kommt wahrscheinlich heute nach Pinebell zurück, zumindest vorübergehend“, riss Ryans Stimme sie aus ihren Gedanken.
„Geht es Annie denn gut?“ Annie! Sie hatte ganz vergessen, sich nach ihr und dem Kind zu erkundigen. Er musste sie wirklich für einen ziemlich selbstsüchtigen Menschen halten. Zuerst quartierte sie sich bei ihm ein, ließ sich bedienen, störte sein Privatleben, und dann hielt sie es nicht einmal für nötig, sich nach der Gesundheit ihrer eigentlichen Gastgeber zu erkundigen. Warum nur störte es sie so sehr, dass er eine schlechte Meinung von ihr haben könnte?
„Sie muss wohl erst einmal in Whitehill bleiben. Wahrscheinlich wirst du noch eine Weile mein Gast sein.“ Ryan verzog keine Miene, während er das sagte.
„Was?“ Entsetzt sah sie ihn an. „Das... das geht doch nicht. Ich meine, ich habe deine Gastfreundschaft schon genug strapaziert“, stotterte sie.
„Das stimmt wohl“, antwortete er ausdruckslos, ohne sie dabei jedoch anzusehen. Seine Augen huschten über die Arbeitsplatte, während er geschäftig den Pancaketeig rührte. „Aber wir werden uns wohl beide damit abfinden müssen.“
„Das... das ist mir wirklich unangenehm.“
Er antwortete nicht, sondern goss den Teig in eine der beiden Pfannen.

Ein betörender Duft von frischen Pfannkuchen stieg ihr in die Nase. Kurz darauf stand er auch schon neben ihr und stellte einen Teller und eine dampfende Tasse Kaffee vor ihr ab.
„Du kannst mein Schlafzimmer haben. Ich bin tagsüber eh nicht hier, und ich kann sehr gut auf dem Sofa schlafen." Er drehte sich weg, noch ehe sie protestieren konnte und verschwand wieder hinter der Küchenzeile.
„Aber", setzte sie an, doch er winkte nur ab. Verstohlen beobachtete Hannah ihn dabei, wie er einen Schluck aus einem Becher nahm und sich etwas aus der Pfanne direkt in den Mund steckte. Anscheinend hatte er nicht vor, mit ihr zusammen zu essen.
Großartig.
„Ich fahre gleich nach Pinebell. Wenn du möchtest, kannst du mitkommen."
„Ja, sehr gerne. Ich muss meine Mutter anrufen, mein Handy geht leider nicht." Hatte sie das gerade wirklich laut gesagt? Für wie unselbständig musste er sie halten? Doch Ryan nickte nur knapp und verschwand gleich darauf wieder in seinem Schlafzimmer.
Misstrauisch betrachtete sie die Pancakes auf ihrem Teller und biss vorsichtig ein Stück davon ab. Zu ihrer Überraschung schmeckten sie köstlich.
Während sie aß, vernahm sie aus dem Nachbarzimmer leise Geräusche. Es hörte sich so an, wie das Verschieben von Möbeln auf Holz. Räumte er jetzt etwa noch sein Zimmer für sie um?
Das Ganze war ihr wirklich mehr als unangenehm.

Vielleicht sollte sie einfach wieder nach Hause fliegen und die ganze Mission als gescheitert abhaken. Ohne Harry gab es schließlich auch keinen Abenteuerurlaub, über den sie hätte schreiben können. Vielleicht sollten sie warten, bis Annie und das Baby wieder Zuhause waren und sich eingelebt hatten. Dann würden Paul oder Sarah nach Pinebell reisen und einen super Job machen, für den sie scheinbar vollkommen ungeeignet war.
Doch was hatte Ryan über Harrys und Annies finanzielle Situation gesagt? Die beiden waren auf gute Werbung angewiesen und das möglichst schnell. Wer wusste schon, ob Herr Lohmeier tatsächlich noch einmal jemanden nach Alaska schicken würde, um die beiden zu unterstützen?
Hannah beschloss, dem Ganzen noch eine Chance zu geben. Vielleicht konnte Annie mit dem Baby in ein paar Tagen schon wieder nach Hause kommen, und Harry und sie konnten ihre Pläne für den von ihnen angebotenen Abenteuerurlaub einmal in Ruhe durchsprechen, damit sie sich zumindest in der Theorie einen Eindruck davon verschaffen konnte.
Ja, das klang nach einem Plan.
Und Ryan hätte dann auch endlich wieder seine Ruhe vor ihr.
Ryan.
Unwillkürlich tauchte das Bild seines nackten Oberkörpers vor ihrem inneren Auge auf. Wie gut sich die Tattoos auf seiner Haut zu einem einzigen Muster zusammengesetzt hatten. Sie waren fast überall gewesen, und Hannah fragte sich, ob jedes dieser Bilder wohl eine kleine Geschichte er-

zählte. Doch sie kam nicht dazu, weiter darüber nachzudenken.
Gerade, als sie das letzte Stück der Pancakes hinuntergeschluckt hatte, erschien er auch schon wieder im Wohnzimmer.
„Spiegeleier?“ Er warf ihr einen fragenden Blick zu.
„Danke, aber das hat völlig gereicht. Sehr lecker.“ Sie zwang sich zu einem Lächeln. Unglaublich, wie verkrampft sie war. Doch ihre ganze Anwesenheit in diesem Haus kam ihr einfach nur falsch vor.
„Ich habe das Bett frisch bezogen“, informierte er sie. „Können wir losfahren?“
Hannah nickte und stand hastig auf, wobei sie sich das Knie an dem massiven Tischbein stieß. Der Schmerz schoss durch ihr Bein, und sie blinzelte heftig, um nicht in Tränen auszubrechen.
Ryan betrachtete sie einen Moment lang, dann nahm er den leeren Teller vom Tisch und stellte ihn ohne ein weiteres Wort in die Spüle.
Was war sie nur für ein Trampel.
Schnell beugte sie sich zu ihrem Koffer hinunter und zog ihre Jeansjacke hervor. Es war nicht wirklich kalt, aber unter den Bäumen des Waldes war es nicht mehr warm genug für ihre kurzärmelige Bluse.
„Ich setz dich bei Mona ab. Sie hat eine Art Café hier in der Stadt. Dort gibt es auch ein Telefon.“ Er verschwand für einen kurzen Augenblick im Flur und erschien gleich darauf ebenfalls wieder mit seiner Jacke.

„Ich fliege heute einen Auftrag nach Vancouver und komme erst am Abend zurück. Wenn du willst, kannst du dich von einem der Holzfäller wieder mit hierher nehmen lassen. Hier.“ Er streckte die Hand aus und reichte ihr einen Schlüssel. „Tagsüber treiben sich hier kaum Bären herum. Du brauchst dir also keine Sorgen machen.“ Er wandte sich ab, nur um sich gleich darauf wieder zu ihr umzudrehen. „Du solltest trotzdem nicht in den Wald gehen und nicht zu weit weg von der Straße.“ Mit diesen Worten ließ er sie einfach stehen, und gleich darauf vernahm sie auch schon, wie die Haustür hinter ihm ins Schloss fiel.
Schnell griff sie nach der kleinen Tasche, in der sie neben ihrem Portemonnaie auch ihr nicht funktionierendes Handy und den Schlüssel verstaute. Dann schlüpfte sie in ihre Schuhe und stolperte hinter ihm her hinaus ins Freie.

Ryan stand neben seinem Pickup und beobachtete aus den Augenwinkeln, wie Hannah die Stufen der Veranda hinunter eilte. Ihre dicken Locken flogen im Wind hin und her, und er verspürte ein seltsam ziehendes Gefühl in der Magengegend.
Dieses Mädchen machte ihn eindeutig nervös und das passte ihm überhaupt nicht. Er wollte seine Ruhe haben. Er wollte nicht über sie nachdenken, doch ihre großen braunen Augen und die Sommersprossen gingen ihm einfach nicht mehr aus dem Kopf.
Es war lange her, dass er über solche Dinge überhaupt nachgedacht hatte, und er würde ganz sicher nicht zulassen, dass er wieder damit anfing. Doch Hannah hatte etwas

an sich, was ihn einfach nicht in Ruhe ließ. Sie wirkte einerseits selbstsicher, andererseits absolut hilfsbedürftig und gerade diese Mischung war es, die ihm Rätsel aufgab.
Bevor er sich weitere Gedanken darüber machen konnte, hatte er auch schon die Tür des Pickups geöffnet und war eingestiegen. Noch ehe sie den Wagen erreicht hatte, startete er auch schon den Motor und legte den Rückwärtsgang ein.
Hannah kletterte in die Fahrerkabine und zog eilig die Tür hinter sich ins Schloss. Dabei umklammerte sie mit festem Griff ihre kleine schwarze Tasche, so dass er sich unwillkürlich fragte, ob sie vielleicht irgendwelche Goldbarren drin versteckt hielt.
Doch er sagte kein Wort, sondern trat auf das Gaspedal und rauschte zurück auf den Highway.
Als erstes würde er Hannah bei Mona absetzen. Sie hatte am vergangenen Abend schon nach ihr gefragt und die beiden musste ungefähr im selben Alter sein. Mona und er waren zur selben High School gegangen, er kannte sie bereits sein ganzes Leben lang, auch wenn sie für ihn immer nur die jüngere Schwester seines Kumpels Cody gewesen war.
Cody.
Ryan seufzte innerlich und zwang sich, an etwas anderes zu denken. Er fehlte ihm. So sehr, dass er unwillkürlich das Lenkrad ein wenig fester umklammerte.
Mona hatte nach der Schule nicht wie ihr Bruder das College besucht, sondern das Café ihres Vaters übernommen,

der sich dort mittlerweile jedoch nur noch selten blicken ließ.
Er schämte sich dafür, dass er dem alten Mann seit seiner Rückkehr mehr oder weniger aus dem Weg gegangen war.
Doch was sollte er ihm sagen?
Dass es ihm leid tat?
Das reichte nicht, und es würde niemals reichen.
„Was für Tiere gibt es noch in dieser Gegend?“, riss Hannah ihn aus seinen Gedanken.
„Was?“ Er blinzelte mehrmals hinter seiner dunklen Sonnenbrille und warf ihr einen kurzen Seitenblick zu. Ihre dunklen Augen waren direkt auf ihn gerichtet, und Ryan spürte, wie das Unbehagen in ihm langsam wieder zunahm.
„Welche Tiere gibt es hier? Worauf muss ich achten?“
„Ach so.“ Er holte tief Luft und seufzte dann leise. „Bären, Karibus, Wölfe, Elche. In der Regel lassen sie uns in Ruhe und wir sie. Aber man sollte die Gefahr nicht unterschätzen. In letzter Zeit wurden in der Gegend viele Grizzlys gesichtet.“
„Oh... ok.“ Hannah wandte ihren Blick von ihm ab und starrte hinaus auf die Straße.
Zu Ryans Erleichterung war es nicht mehr weit bis zum Zentrum von Pinebell. Er konnte schon die ersten Häuser am Straßenrand erkennen. In einer halben Stunde musste er bei seinem Flugzeug sein, dann würde er endlich wieder Zeit für sich haben – dort oben, über den Wolken.

Kapitel 5

Das Zentrum von Pinebell war größer, als Hannah erwartet hatte.
Sie bogen in eine Hauptstraße ein, auf der sich rechts und links skandinavisch anmutende Häuser aneinanderreihten. Alaska hatte also nicht nur von der Natur her starke Ähnlichkeit mit den Gegenden, die sie aus den Norwegen-Urlauben mit ihren Eltern kannte, sondern auch architektonisch konnte Hannah einige Parallelen entdecken. Das gefiel ihr. Sie war immer gerne mit ihren Eltern in den Norden gefahren. Die Landschaft dort beeindruckte sie, ebenso, wie es mittlerweile auch die vielen Seen und Wälder rund um Pinebell taten, die sie auf ihrem Hinflug aus der Luft hatte sehen können. Bevor sie eingeschlafen war. Hannah wurde noch immer rot, wenn sie daran dachte.
Wenn sie es recht bedachte, was Alaska tatsächlich gar keine so schlechte Wahl, wie sie zu Beginn ihrer Reise gedacht hatte. Natürlich, sie hatte sich unter den USA etwas anderes vorgestellt. Aber wenn sie ehrlich zu sich war, war sie in dieser Gegend um einiges besser aufgehoben, als im hippen New York. Nach der Hektik in Berlin erschien ihr die Abgelegenheit hier mit einem Mal irgendwie verlockend. Das Leben war ganz anders, als sie es kannte. Es war irgendwie... entschleunigend.
Interessiert beobachtete sie die Menschen auf der Straße. Einige Männer in Holzfällerhemden standen an einer Ecke

zusammen und schienen über irgendetwas zu diskutieren. Zwei Kinder rannten in einiger Entfernung über die Straße, und sie entdeckte eine ältere Frau, die mit drei Hunden neben einem bunten kleinen Laden stand.

Ryan bog um eine Ecke und hielt dann vor einem hellblau gestrichenen Holzhaus, mit weißen Fenstern und hübschen kleinen Blumenkästen. Über dem Eingang hing ein Schild, auf dem 'Gracie' stand.

Wortlos öffnete Ryan seine Autotür, und sie folgte ohne zu zögern seinem Beispiel.

Ohne auf Hannah zu warten, zog er auch schon an der Ladentür und leises Glockengeläut war zu hören.

Acht Augenpaare waren direkt auf sie gerichtet, als Hannah sich hinter ihm in den Raum schob und sich erwartungsvoll umsah.

„Ah Ryan, schön, dass ihr da seid." Eine Frau, sie musste ungefähr in ihrem Alter sein, umrundete die Theke, auf deren Auslage kleine Tortenglocken mit Muffins standen, und kam direkt auf sie zu. „Hi, ich bin Mona." Sie schüttelte herzlich Hannahs Hand.

„Hannah", erwiderte sie schnell.

„Hi Hannah, ich hab schon von dir gehört." Mona strahlte sie an.

„Harry kommt heute noch vorbei. Keine Ahnung wann", sagte Ryan ohne ein Lächeln und wies auf Hannah. „Ich bin erst am Abend wieder da."

„Wir werden uns schon die Zeit vertreiben." Mona schien seine schroffe Art nicht sonderlich zu stören. „Und nun geh schon."

Hannah bemerkte ein kurzes Zögern an ihm, doch dann wandte er sich auch schon ab und kurz darauf hörte sie erneut das leise Klingeln der Türglocke.

„Ist er nicht herzig“, lachte Mona und zog sie mit sich hinüber zur Theke. „Ich habe ihm gesagt, dass er dich gerne mit her bringen kann. Sonst bin ich den ganzen Tag über immer nur von Schwachköpfen umgeben.“ Den letzten Teil des Satzes hatte sie extra laut ausgesprochen und von den besetzten Tischen her hörte Hannah leisen Protest zu ihnen herüber grollen.

Sie musste lächeln. Mona gefiel ihr. Ihre offene Art und das herzliche Wesen standen in einem so krassen Kontrast zu Ryans Verhalten, dass ihr fast ein wenig schwindelig davon wurde.

„Du musst mir unbedingt erzählen, was dich in unser kleines Nest verschlagen hat. Möchtest du einen Kaffee?“ Mona fuhr sich mit einer Hand durch das kurze braune Haar und begann bereits, frische Bohnen zu mahlen.

Die Aussicht auf einen echten Milchkaffee trieb Hannah das Wasser im Munde zusammen. Sie nickte und fragte dann: „Kann ich vorher vielleicht kurz telefonieren? Mein Handy funktioniert nicht und...“

„Du musst deine Mutter anrufen, stimmts?“, unterbrach sie sie wissend. „Das kenne ich. Meine Mom ruft mich sogar an, wenn ich nur mal nach Whitehill zum Einkaufen fahre.“ Sie lachte ihr helles Lachen, und Hannah war erleichtert, wie einfach es war mit ihr zu reden.

„Da drüben findest du einen Apparat.“ Sie wies mit dem Kopf in eine etwas verstecktere Ecke. „Aber Vorsicht, ich habe gehört, er frisst sehr schnell sehr viele Münzen, vor allem nach Übersee."

Ihre Mutter hatte bereits nach dem ersten Klingeln abgehoben, obwohl es in Berlin schon fast Mitternacht sein musste und sie um diese Zeit für gewöhnlich längst schlief. Aber natürlich tat sie das nicht, wenn sich ihr einziges Kind irgendwo in der Weltgeschichte herumtrieb.
Hannah versprach ihr widerwillig, sich ein kleines amerikanisches Handy für den Notfall zuzulegen und rief gleich darauf bei Dietmar Lohmeier an, der aber natürlich nicht ans Telefon ging. Also hinterließ sie ihm eine kurze Nachricht, dass sie in Pinebell angekommen war, aber noch keine Möglichkeit gefunden hatte, auf ihre Mails zuzugreifen. Mehr musste er erst einmal noch nicht wissen. Sie wollte zuerst einmal selber mit Harry sprechen, um sich ein Bild von ihm und seiner Situation machen zu können. Vielleicht ging es Annie und dem Baby ja gut, und sie konnte wie geplant ihre Reportage über das Urlaubsangebot der beiden schreiben.
Und wenn nicht... Hannah wusste es nicht.
„Kaffee mit Milch und einen Donut aufs Haus." Mona stellte eine dampfende Tasse vor ihr ab, nachdem sie sich wieder an die Theke gesetzt hatte und nahm ihr gegenüber Platz.
„Also Hannah, ganz Pinebell ist neugierig auf dich. Harry hat ja in den letzten Tagen von nichts anderem gesprochen. Erzähl mir was von dir."
„Harry hat von mir gesprochen?", fragte sie verdutzt.

„Ja, Annie und er waren ganz aufgeregt. Sie haben viel investiert, haben sogar einen kleinen Bus gekauft für das Outdoor-Camping, und sie haben Hütten gebaut. Harry ist davon überzeugt, dass uns die Touristen die Bude einrennen werden."

„Ryan meinte, eure Gästezimmer sind immer belegt", meinte Hannah und nahm einen Schluck von dem Kaffee. Er schmeckte so gut, dass sie genussvoll einen Moment lang die Augen schloss.

„Das stimmt, aber das sind alles amerikanische Touristen, die zum Angel zu uns kommen. Pinebell ist ein Fischerparadies, weswegen die Fischfabrik auch der größte Arbeitgeber hier ist." Mona biss in einen Keks und fuhr sich nachdenklich durchs Haar. „Die meisten Jungs kommen von der High School und fangen direkt dort an oder werden Baumfäller oder Fischer. Es sind nur wenige von hier weggegangen und wenn, dann sind sie wiedergekommen, so wie Ryan. Zumindest fast alle." Ein Schatten legte sich auf ihr Gesicht, doch sie zwang sich zu einem Lächeln.

„Ryan hatte Pinebell verlassen?", fragte Hannah, in der Hoffnung nicht allzu neugierig zu klingen. Sie konnte sich partout nicht vorstellen, wohin es ihn getrieben haben sollte. Er wirkte nicht wie jemand, der es lange unter Menschen aushielt, geschweige denn in einer großen Stadt mit vielen tausenden von ihnen.

„Hat er dir nicht erzählt, `ne? Ja, das ist typisch für ihn. Bloß nicht zu viel von sich preisgeben. Er hat sich sehr verändert." Sie warf einen Blick über die Schulter und deu-

tete auf einige Bilder, die gerahmt an der Wand hinter dem Tresen hingen.
Hannah kniff die Augen zusammen und ließ ihren Blick über die einzelnen Gesichter schweifen. Tatsächlich entdeckte sie ihn auf einigen der Fotos, meist zusammen mit einem anderen Mann, der in etwa sein Alter haben musste. Die beiden lachten und schienen Spaß zu haben, ein ungewohnter Anblick, auch wenn sie Ryan gerade erst einmal seit wenige Stunden kannte. Auf einem der Bilder saß er mit einer Gitarre auf einem Barhocker in eben jenem Café und schien zu singen, während um ihn herum Leute saßen.
„Er macht Musik?“, fragte sie.
„Nicht mehr. Na ja, egal, Ryan ist eben Ryan. Du hast ihn ja schon kennengelernt“, wechselte Mona abrupt das Thema. „Und du kommst aus Deutschland, ja? Erzähl mal.“
Während sie Mona erzählte, wie sie in Pinebell gelandet war, schweifte ihr Blick immer wieder über ihre Schulter zu den Bildern hinüber. Täuschte sie sich, oder war der Ryan auf diesen Bildern ein anderer Mensch als der verschrobene Einzelgänger, als den sie ihn bislang kennengelernt hatte? Auf den Fotos wirkte er deutlich jünger, auf einem sah er fast noch wie ein Kind aus. Es war alt und ausgeblichen, und er und der andere Junge standen neben einem riesigen Truck und grinsten breit.
Hatte es etwas in seinem Leben gegeben, was ihn zu dem Mann gemacht hatte, der er nun war? Durfte sie sich überhaupt erlauben, über ihn zu urteilen? Schließlich kannte sie ihn kaum und immerhin war er so nett gewesen und hatte sie nicht nur abgeholt, sondern ihr auch sein Schlafzimmer

überlassen und für sie gekocht. Was genau nahm sie ihm eigentlich übel? Dass er über die ganze Situation nicht sonderlich glücklich war, konnte sie ihm nun wirklich nicht vorwerfen, oder? Allerdings hatte er sich auch nicht sonderlich viel Mühe gegeben, seinen Unmut darüber zu verbergen. Er war schon ein seltsamer Kerl. Seltsam, aber auch irgendwie... interessant.

„Mommy, kann ich einen Saft?"

Ein dunkelhaariger Junge erschien in der Tür, die zu einem Hinterzimmer zu führen schien und sah fragend von Mona zu Hannah.

„Na klar, mein Großer." Mona lächelte und strich ihm durch das seidig glänzende Haar. „Cooper, das ist Hannah. Hannah, mein Sohn Cooper."

„Hi Cooper." Sie grinste ihn an.

„Hi. Was macht ihr gerade?" Cooper griff nach dem Glas, das Mona ihm hinhielt und rutschte auf einen der Stühle neben Hannah.

„Hannah hat mir gerade erzählt, warum sie hier in Pinebell ist." Liebevoll sah Mona ihn an. „Cooper hat im Moment Sommerferien und die können manchmal ganz schön langweilig sein, wenn Mommy arbeiten muss", erklärte sie ihr.

„Und Dad ist auch arbeiten." Er rümpfte die Nase. „Aber er ist eigentlich sowieso nie da." Er zuckte die Schultern, und Hannah warf Mona einen fragenden Blick zu.

„Was hältst du davon, wenn du Hannah ein bisschen in Pinebell herumführen würdest, Coop?", schlug Mona vor. „Sie war noch nie hier und kennt sich überhaupt nicht aus."

„Oh, und ich müsste ein neues Handy kaufen“, warf Hannah ein.
„Na, siehst du, also?“
Cooper musterte Hannah eingehend und schien zu dem Schluss zu kommen, dass die Frau aus Deutschland ganz in Ordnung war, deswegen nickte er langsam. „Ok, dann komm!“ Er rutschte von seinem Stuhl, und Hannah sah, wie Mona unauffällig einen Satz mit den Lippen formte. „Ich hoffe, das ist ok?“
Hannah hob den rechten Daumen, eine wie sie hoffte international geltende Geste, und grinste sie an. Cooper machte einen netten Eindruck, und es war noch nicht einmal Mittag. Sie hatte keine Ahnung, was sie hier in Pinebell mit sich anfangen sollte und eine kleine Stadtführung konnte sicher nicht schaden.

Hannah hätte sich keinen besseren Stadtführer als Cooper wünschen können.
Nachdem er sie zunächst zielsicher zu einem Eisenwarenladen mit gebrauchten Handys geführt hatte, in dem Hannah nicht nur ein altes Modell aus den frühen 2000er Jahren, sondern auch eine neue Simkarte hatte kaufen können, zeigte er ihr im Anschluss nicht nur den einzigen Einkaufsladen der Stadt, der von einer eindrucksvollen grauhaarigen Dame mit Schürze und Rüschenbluse namens Sylvia geführt wurde, sondern auch das einzige Restaurant, auf dessen Tageskarte ausschließlich Fischgerichte angeboten wurden. Auch der Hafen durfte bei ihrer Besichtigung

natürlich nicht fehlen, auch wenn dieser um diese Uhrzeit weitestgehend verlassen da lag. Die Fischer waren allesamt draußen auf dem Wasser.

Sie kaufte Cooper und sich ein Eis und setzte sich mit ihm auf einen Teil der freien Kaimauer, wo gegen Abend die Fischer wieder ihre Boote befestigen würden. Silbermöwen flogen über ihre Köpfe hinweg und Hannah fühlte, wie die Anspannung der letzten Tage allmählich von ihr abfiel.

„Ist dein Dad eigentlich auch Fischer?“, fragte sie Cooper, während sie genüsslich das Eis auf ihrer Zunge zergehen ließ.

„Nein, Ranger. Deswegen sehe ich ihn auch kaum.“ Cooper betrachtete eingehend die kleine Waffel in seiner Hand. „Er ist immer unterwegs. Fliegt von Insel zu Insel.“ Seine Augen leuchteten.

„Und was genau macht er da?“

„Er bringt sie Hütten in Ordnung. Guckt, dass alles ok ist. Jede Hütte muss immer gut in Schuss sein, wenn dort Gäste hinkommen.“

„Was für Gäste?“

„Verschiedene“, Cooper zuckte die Schultern. „Touristen wie du oder Forscher oder so.“

Hannah schwieg und dachte einen Moment lang darüber nach.

Alaska war wirklich ganz anders als die Welt, aus der sie stammte. Es war fast so, als liefen die Uhren hier langsamer. Niemand rannte hektisch von A nach B, die Menschen grüßten sich, wenn sie sich auf der Straße trafen und

niemand schien es zu kümmern, dass das einzige Internet, was es hier scheinbar gab, in Monas Café zu finden war.
„Da, wo ich herkomme“, sagte sie, „da sind alle Menschen irgendwie immer ziemlich gestresst. Jeder muss immer dringend irgendwo hin und die Tage vergehen so schnell, dass man gar nicht mehr hinterher kommt.“
„Hm“, Cooper legte nachdenklich seine kleine Stirn in Falten. „Aber das macht doch keinen Spaß, oder?“
„Oh nein, das macht keinen Spaß. Und deswegen“, sie lächelte ihn an, „kannst du auch sehr froh sein, dass du hier in Pinebell lebst. Auch, wenn du dich vielleicht manchmal langweilst, aber Langeweile ist so viel besser als Stress.“
„Cool.“ Cooper grinste breit.
„Komm, wir gehen zurück zu deiner Mom. Es ist fast Nachmittag, und ich hoffe, dass Harry bald bei ihr vorbeikommen wird.“
„Und Ryan.“ Cooper stand auf und klopfte sich kleine Steine von der Hose. „Ich finde ihn so cool. Wenn ich so alt bin wie er, möchte ich auch Pilot sein.“
Hannah nickte bedächtig. „Das ist bestimmt ein schöner Beruf.“
„Oh ja!“ Cooper zog seine Nase kraus und gemeinsam machten sie sich auf den Weg zurück zum 'Gracie'.

Kapitel 6

Als sie die Glastür zum Café aufschob und die kleine Glocke über ihrem Kopf zu läuten begann, sah Hannah zu ihrer Überraschung Ryan an einem der Tische sitzen. Ein großer Mann mit breitem Kreuz und schütterem Haar saß ihm gegenüber und schien sie erst zu bemerken, als Cooper an ihren Tisch eilte.

„Cooper, na das ist aber eine Überraschung!“ Der Mann legte freundschaftlich die Hand auf die schmalen Schultern des Jungen und lächelte.

Ryans Miene blieb unbewegt, als sein Blick den von Hannah traf, und er sie von oben bis unten musterte. Sie hatte ihn hier noch nicht erwartet. Hatte er nicht etwas von einem Flug nach Vancouver gesagt? War er etwa schon wieder zurück? Aber das war doch nicht möglich, oder?

„Und du musst Hannah sein“, riss die Stimme des kräftigen Mannes sie auch schon aus ihren Gedanken. Hannah erinnerte sich dunkel an seine massige Gestalt. „Ich bin Harry, es tut mir wirklich leid, dass das alles ausgerechnet jetzt passiert ist.“ Er stand auf und bot ihr einen Stuhl neben sich an.

Hannah folgte seiner Einladung und nahm an dem Tisch Platz. Sie warf einen mulmigen Blick zu Ryan hinüber, der sie noch immer zu beobachten schien. Seine Sonnenbrille lag vor ihm auf der Tischplatte und seine blauen Augen sahen unergründlich zu ihr hinüber.

„Das ist doch nicht schlimm“, beeilte sie sich zu sagen und zwang sich, den Blick von ihm loszureißen. „Ich hoffe, Annie geht es gut?“

„Den Umständen entsprechend. Die Ärzte versuchen die Geburt aufzuhalten, aber das wird nicht mehr lange gut gehen. Ich bin nur hierher gekommen... um noch kurz mit Ryan einige Dinge abzuklären.“ Er warf Ryan einen kurzen Blick zu. Aus den Augenwinkeln sah Hannah, wie dieser bedächtig nickte.

„Es ist nämlich so“, fuhr Harry da auch schon fort, „ich werde erst einmal in Whitehall bei Annie bleiben. Wenn unser Sohn auf der Welt ist, kann sie noch nicht so schnell wieder nach Hause. Und ich kann sie nicht alleine lassen.“

„Verständlich“, Hannah nickte mitfühlend.

„Aber Ryan wird sich um dich kümmern.“ Harry strahlte sie an, und Hannah verschluckte sich fast an ihrer eigenen Spucke. Ryan wollte sich ernsthaft ihrer annehmen? Das glaubte Harry doch selber nicht.

„Oh ja, du bist nun schon den langen Weg hierher gekommen und wir wollen natürlich, dass es dir hier gefällt, und dass du über die vielen tollen Dinge in Pinebell und Alaska schreibst.“ Er machte eine kurze Pause, und Hannah sah so etwas Hoffnung in seinen Augen aufblitzen. Sie mochte Harry, obwohl sie ihn erst seit wenigen Minuten kannte. Er wirkte offen und aufrichtig, und es tat ihr leid, dass er gerade so eine schwere Zeit durchmachte.

„Es wäre sehr wichtig für uns“, fügte er etwas leiser hinzu.

Sie nickte verständnisvoll.

„Ryan wird dir alles zeigen, was es hier zu sehen gibt. Polarlichter, Gletscher, Nationalparks, wilde Tiere... Natur pur eben, ne?“ Harry lächelte, und Hannah hätte Ryan bei seinen Worten zu gerne ins Gesicht gesehen, doch sie wagte es nicht, den Kopf zu drehen. Ryan würde also ihren Babysitter spielen.

Auf gar keinen Fall.

Sie räusperte sich.

„Das ist nicht nötig, Harry. Ich komme hier ganz gut zurecht, denke ich. Vielleicht kann ich mir irgendwo ein Rad leihen oder ein Auto und dann schaue ich mich hier ein wenig um. Ryan hat ja auch seine Arbeit und ganz andere Dinge zu tun. Cooper hat mir Pinebell gezeigt, ich weiß, wo ich Essen bekomme und fühle mich hier ganz wohl.“ Sie zwang sich zu einem Lächeln. „Das ist alles kein Problem. Ihr werdet euren Artikel auf jeden Fall bekommen.“ Sie sah ihm fest in die Augen.

„Nein, nein, Ryan macht das gern, und ich möchte, dass du einen richtigen Eindruck von unserer Gegend hier bekommst. Du sollst den Lesern ja auch genau vermitteln können, was sie hier alles erwartet. Aber ich kann es nicht verantworten, dich dir selbst zu überlassen. Wirklich, Ryan macht das gerne, nicht wahr?“ Hoffnungsvoll sah Harry ihn an.

Ryan war sich nicht sicher, was er darauf antworten sollte. Gerne, was machte er schon gerne, außer zu fliegen?

Da gab es nicht wirklich viel, und als Harry ihn darum gebeten hatte, sich Hannah anzunehmen, hatte er zunächst einmal rigoros abgelehnt. Doch Harry war sein Freund, allerdings brauchte Ryan auch dringend das Geld, welches er mit seiner Arbeit als Pilot verdiente. Seine Maschine musste gewartet werden, und er hatte keinerlei Ersparnisse mehr. Seit seiner überstürzten Abreise aus New York vor vier Jahren und der Klage seines ehemaligen Arbeitgebers lagen seine Rücklagen quasi bei Null. Diese Tatsache entkräftete Harry, indem er ihm ein Bündel Scheine über dem Tisch geschoben hatte, welches Ryan zunächst jedoch nicht hatte annehmen wollen. Doch das Geld war genau die Summe, die er für die Wartung seiner Maschine dringend benötigte. Und es war so etwas wie Harrys Investition in die Reportage, die Hannah über Annies und seine Abenteuertouren schreiben sollte. Und so hatte Ryan seinem Drängen schließlich nachgegeben und widerwillig eingeschlagen. Er würde sich um Hannah kümmern, aber er würde auch hin und wieder einen Auftrag als Pilot annehmen. Mit ein wenig Glück würde er Harry das Geld sogar zurückzahlen können.

Doch das war nicht der einzige Grund, weswegen er nicht völlig auf seine Arbeit verzichten wollte. Er brauchte das Fliegen, wie die Luft zum Atmen. Dort oben, über den Wolken, war der einzige Ort, an dem er wirklich Frieden finden konnte.

„Ryan?“, riss Harry ihn aus seinen Gedanken.

„Ich mach das“, knurrte er leise.

„Das ist nicht nötig. Du kannst ruhig fliegen“, widersprach Hannah erneut.

„Es ist ok“, sagte Ryan fest, während er Harrys Blick erwiderte. „Ich bekomme das hin. Ich werde allerdings auch einige Flüge wahrnehmen müssen, aber du wirst trotzdem alles Sehenswerte von Alaska gezeigt bekommen." Er streifte ihren Blick. Diese Augen! So dunkel und so ernst. Er konnte deutlich erkennen, dass sie ganz und gar nicht einverstanden damit war, dass er sich um sie kümmern sollte.

Aber war das auch ein Wunder?

Bislang hatte er sie nicht gerade mit Samthandschuhen angefasst, und Ryan bezweifelte, dass ihm das in Zukunft gelingen würde. Auch wenn Harry ihn dafür bezahlte, nett zu ihr zu sein, im Grunde genommen wollte er sie nicht in seiner Nähe haben. Sie machte ihn nervös, so nervös, dass er am liebsten vom Tisch aufgesprungen und aus dem Café gerannt wäre.

Und nun würde sie zwei Wochen lang mit ihm auf engstem Raum zusammenleben müssen. Das alleine war schon pure Folter.

Er spürte, wie ihm der bloße Gedanke daran schon die Luft nahm.

Sich räuspernd griff er nach seiner Sonnenbrille und erhob sich bedächtig.

„Morgen werde ich den ganzen Tag über unterwegs sein. Mein Flug nach Vancouver hat sich um einen ganzen Tag verschoben, aber ab übermorgen können wir dann zusammen aufbrechen." Er nickte Hannah kurz zu und wandte dann schnell den Blick von ihr ab. „Ich muss jetzt los." Er räusperte sich. „Harry fährt dich zurück zur Hütte."

Mit diesen Worten war er auch schon verschwunden.

Hannah bekam kaum mit, wie Mona an ihren Tisch trat und ein großes Glas Limonade vor ihr abstellte. Ihr Blick folgte Ryan hinaus auf die Straße, wo er in seinen Pickup stieg und so schnell davon raste, dass sie sich unwillkürlich fragte, vor wem er eigentlich davon lief?
„Er kriegt sich wieder ein." Harrys Stimme holte ihre Aufmerksamkeit zurück an ihren Tisch. „Das Fliegen ist sein Ein und Alles. Er kennt die Gegend wie kein anderer. Du wirst Alaska von seiner besten Seite kennenlernen." Er lächelte sie herzlich an.
„Mir ist das unangenehm", gab sie zu. „Ich wohne bei ihm und nun muss er mich auch noch entertainen."
„Es wird ihm gut tun." Harry nahm einen tiefen Schluck aus seinem Glas. „Wie gesagt, Hannah, ich freue mich wirklich sehr, dass du hier bist. Nicht nur wegen des Artikels. Du bringst ein Stück meiner Heimat nach Pinebell." Er wischte sich müde über das Gesicht. „Das Timing ist jedoch eine ziemliche Katastrophe. Ich muss auch gleich wieder zurück nach Whitehill."
„Oh ja, fahr ruhig! Das ist wichtig!"
„Ach Hannah, ich hoffe, Alaska entpuppt sich für dich nicht als Alptraum."
„Oh nein, es ist wirklich schön hier!", beeilte sie sich zu sagen. Und das stimmte auch. Mittlerweile gefiel ihr die Gegend tatsächlich richtig gut, und sie schämte sich fast ein wenig für ihre anfängliche Abneigung.

„Ich habe noch einen alten Roller in meiner Garage stehen. Wenn du möchtest, kannst du ihn haben. Dann bist du ein wenig unabhängiger."
„Oh, das wäre toll, sehr gerne!" Hannah strahlte ihn an Ein Roller eröffnete ihr ganz neue Möglichkeiten. Sie würde das Beste aus ihrer Zeit hier machen, so viel stand für sie inzwischen fest. Und sie würde so viel Zeit ohne Ryan verbringen, wie es ihr möglich war.
Sie brauchte ihn nicht, auch wenn er Harry seine Unterstützung zugesagt hatte. Ryan sollte sein Leben führen und sie ihres. Und in knapp zwei Wochen würde sie wieder nach Hause fliegen und ihn niemals wiedersehen.

Der alte Motorroller ächzte, als Hannah in den kleinen Waldweg zu Ryans Haus einbog und vor der hübschen Holzveranda zum Stehen kam. Der Pickup stand bereits auf seinem angestammten Platz, und die Uhr ihres Handys zeigte kurz vor acht.
Sie hatte den Nachmittag mit Mona im Café verbracht und dort weitere Einwohner von Pinebell kennengelernt. Die Fischer Steve, Rio und Ben waren darunter gewesen und auch Monas Freundin Karen, die hin und wieder im Café aushalf und sie den ganzen Abend lang über ihr Leben in einer Großstadt ausgefragt hatte. Hannah selbst wusste nun, dass Pinebell überwiegend männliche Einwohner hatte, was Mona und Karen recht gut gefiel, und dass die nächste Schule, die Cooper und die anderen Kinder besuchten, mit dem Bus fast eine ganze Stunde weit entfernt lag. Ohne darüber nachzudenken, war sie immer tiefer in

die Welt von Pinebell eingetaucht, und was sie über die Stadt und ihre Bewohner erfuhr, gefiel ihr. Zumindest überwiegend. Es tat ihr leid, dass sich Mona und Coopers Dad vor einiger Zeit getrennt hatten, weil dieser kaum noch in Pinebell aufgetaucht war. Als alleinerziehende Mutter war es nicht leicht, ein Unternehmen mehr oder weniger ganz alleine zu führen. Aber das Café, welches nach Monas Großmutter Gracie Millbank benannt worden war, war schon seit Jahrzehnten im Familienbesitz und bedeutete ihr sehr viel.

Dass Hannah bei Ryan wohnte, schien ebenfalls nicht uninteressant für ihre neuen Bekannten zu sein. Die Frage, ob sie tatsächlich mit ihm in seinem Haus lebte, musste sie allein an diesem Abend gut ein dutzend Mal beantworten. Scheinbar war Ryan in Pinebell tatsächlich als überzeugter Einsiedler bekannt und der Umstand, dass er sie bei sich aufgenommen hatte, löste allgemeines Erstaunen aus. Dass er das nicht ganz freiwillig getan hatte, schien dabei keine besonders große Rolle zu spielen.

Langsam stieg sie nun die schmalen Treppenstufen zur Veranda hinauf und öffnete die Haustür, die erwartungsgemäß nicht verschlossen war. Im Flur zog sie ihre Jacke aus und hängte sie ordentlich neben Ryans Lederjacke, die dort bereits an einem der kleinen Haken hing.

Als sie das Wohnzimmer betrat, sah sie mit einem Blick, dass es leer war. Die Tür zur Terrasse stand jedoch offen, und sie entdeckte ihn auf einer Holzbank sitzend und auf den See hinaus starrend.

Hannah machte ein paar Schritte auf die geöffnete Tür zu und räusperte sich vernehmlich, um ihn nicht zu erschrecken. Sein Blick streifte einige Sekunden lang den ihren, und sie nickte ihm zur Begrüßung kurz zu. Ohne ein Wort zu sagen, wandte sie sich dann wieder von ihm ab und wollte gerade in ihr neues Zimmer gehen, als sie ihn ihren Namen sagen hörte.

„Was?" Zögernd trat sie nun doch durch die Terrassentür hinaus und blieb unschlüssig vor ihm stehen.

„Ist alles ok ist?"

„Ja." Verwundert sah sie ihn an.

„Ich... wusste nicht, ob ich dich irgendwo hätte abholen sollen." Es war mehr eine Feststellung als eine Frage.

„Harry hat mir seinen alten Motorroller gegeben." Während sie sprach, ließ Hannah ihren Blick über das wunderschöne Seepanorama gleiten. Im Wasser spiegelte sich die tief stehenden Sonne und leises Vogelgezwitscher drang an ihre Ohren.

Ryan nickte bedächtig.

„Hast du Hunger?"

Sie schüttelte den Kopf.

„Nein, ich würde gleich schlafen gehen, wenn das ok ist? Der Jetleg sitzt mir noch etwas in den Knochen."

„Ok. Dann gute Nacht." Er sah sie einen Moment lang an, dann wandte er den Blick wieder hinaus auf den See.

„Gute Nacht." Unschlüssig blieb sie stehen. Ihre Augen ruhten auf seinem Hinterkopf, und Hannah spürte nicht zum ersten Mal in seiner Gegenwart eine gewisse Anzie-

hung, die sie sich nicht erklären konnte. Schnell drehte sie sich um und verschwand im Inneren des Hauses.
Wie Ryan angekündigt hatte, hatte er das Bett tatsächlich frisch bezogen, und Hannah seufzte zufrieden, als sie in die weichen warmen Federn sank.
Sie hatte Teile ihres Kofferinhaltes in eine leere Schublade der einzigen Kommode im Raum gelegt und betrachtete nun gedankenverloren die hölzerne Decke.
Es war kurz vor neun Uhr, und sie war hundemüde. Doch alleine die Tatsache, dass sie hier lag, in seinem Bett, ließ sie nicht zur Ruhe kommen. Ihr Gewissen meldete sich, und sie war drauf und dran gewesen, das Bett wieder gegen das Sofa im Wohnzimmer einzutauschen. Doch sie wusste, dass Ryan das niemals zulassen würde.
Er konnte wirklich stur sein, so viel war ihr bereits klar.
Ihr Blick huschte durch den kleinen Raum. Bis auf das Bett und die Kommode gab es nur noch einen altmodisch anmutenden Schreibtisch und einen Schrank, den sie bislang allerdings erfolgreich ignoriert hatte. Sie wollte nicht in seinen Sachen schnüffeln. Es ging sie nichts an, was er darin aufbewahrte.
Um sich abzulenken, griff sie nach ihrem Handy, dessen Akku nur noch schwach blinkte. Obwohl es nicht funktionierte, würde sie es aufladen müssen, um zumindest die Kamera benutzen zu können. Müde scrollte sie sich durch das Fotoalbum und betrachtete lächelnd die Bilder von Lisa und ihren Kindern. Sie hatte ihr gleich am Morgen ihre neue Handynummer geschickt und bereits viele neu-

gierige Fragen per sms bekommen, auf die sie alle noch nicht geantwortet hatte.
Morgen.
Morgen war auch noch ein Tag.
Jetzt wollte sie erst einmal schlafen.

Erschrocken fuhr Hannah aus dem Schlaf und setzte sich kerzengerade im Bett auf.
Benommen sah sie sich in dem halbdunklen Zimmer um.
Wo war sie?
Während ihre Erinnerungen langsam zurückkehrten, drang ein seltsames Geräusch an ihre Ohren. Es klang wie das heisere Bellen eines Hundes. Eines großen Hundes, und es klang ganz nah. Beunruhigend nah.
Mit klopfendem Herzen schlug sie die Decke zurück und tapste über den kalten Boden auf die Zimmertür zu. Das Bellen wurde lauter und steigerte sich zu einem heiseren Röcheln, welches ihr die Nackenhaare zu Berge stehen ließ.
Langsam öffnete sie die Zimmertür und spähte hinaus ins Wohnzimmer. Ryan war nirgends zu sehen. Schlief er bereits? Oder hatte er sie etwa allein in dem Haus zurückgelassen?
Ihr Herz klopfte wie wild, als sie in den Flur hinaus trat, wo das Keuchen noch ein wenig lauter zu werden schien.
Mit schweißnassen Händen trat sie hinter die Küchenzeile und spähte hinaus auf die Veranda. Im Licht der kleinen Laterne sah sie etwas Großes, Dunkles vor dem Haus auf und ab laufen.
Ein Bär.

„Nicht erschrecken“, erklang da auch schon Ryans Stimme dicht an ihrem Ohr.
Hannah fuhr herum und schrie leise auf. Er stand so nah an ihrer Seite, dass sie seine Wärme spüren konnte. Sie zitterte unwillkürlich und schlang die Arme um ihren Oberkörper.
„Tut mir leid“, murmelte er, während er einen Blick über ihren Kopf hinaus auf die Veranda warf. „Der verschwindet bald wieder, keine Sorge“, sagte er leise.
„Das... ist nicht gefährlich?“ Hannah wusste nicht, ob ihre Zähne klapperten, weil sie barfuß auf dem kalten Küchenboden stand oder weil sie sich tatsächlich fürchtete.
Besorgt sah er sie an. „Komm.“
Sie spürte seine Hand auf ihrer Schulter, als er sie sanft aus der Küche ins Wohnzimmer und bis zum Sofa hinüber führte. Hannah sah die benutzte Decke und das Kissen, wo er bis vor wenigen Augenblicken noch geschlafen haben musste und hatte sofort wieder ein schlechtes Gewissen.
Er nahm die Decke und legte sie um ihre Schultern, während das Grollen vor der Tür langsam abebbte.
„Ab und zu verirren sich die Bären hierher, aber sie verschwinden auch immer wieder. In der Regel sind sie harmlos, so lange man sie nicht stört und draußen keine Abfälle oder andere Dinge herumliegen lässt. Wenn man das nicht kennt, kann einen das erschrecken.“
Hannah konnte nur nicken, während sie die warme Decke um ihre Schultern spürte. Sie roch nach ihm. Herb und gleichzeitig irgendwie lieblich. Wie gebannt starrte sie in

sein ebenmäßiges Gesicht, während er mit ihr sprach. Das Haar fiel ihm offen bis fast auf die Schultern und er trug ein verwaschenes T-Shirt und Shorts.
Sie schluckte schwer und versuchte vergeblich, ihr flatterndes Herz wieder unter Kontrolle zu bekommen.
Ryan saß nun direkt neben ihr und lauschte in die Nacht hinaus. Die Geräusche des Bären verstummten langsam wieder. Als er nichts mehr hören konnte, wandte er sich wieder dem zitternden Mädchen zu, welches so nah neben ihm saß, dass er am liebsten einen ganzen Meter weit von ihm abgerückt wäre... oder um der Wahrheit die Ehre zu geben, dass er es am liebsten in seine Arme gezogen hätte.
Er schüttelte fast unmerklich den Kopf. Das ging jetzt wirklich zu weit.
Hannah war sein Gast und genau so würde er sich ihr gegenüber auch verhalten. Nicht mehr und nicht weniger. Doch wie sie so da saß, eingekuschelt in seine Decke, das Haar wirr um den Kopf verteilt und ihn mit ihren großen dunklen Augen ansah, spürte er ein Verlangen in sich, welches er längst als verloren geglaubt hatte.
Er hatte den Grizzly kommen hören, noch bevor dieser angefangen hatte, wild zu knurren. Und er hatte gehofft, dass Hannah einfach weiterschlafen würde. Doch nun saß sie hier, neben ihm, nur mit einem dünnen T-Shirt und einem Paar Shorts bekleidet und wirkte so verschüchtert, dass er sie nicht einfach zurück in ihr Zimmer hatte schicken können. Der Beschützerinstinkt in ihm war noch immer aktiv, auch, wenn er ihn schon seit lange Zeit nicht mehr gespürt hatte.

Doch nun, da der Bär wieder fort war, musste er sie zurück ins Bett schicken. Sie konnte nicht hier bleiben, hier bei ihm. Ihre Nähe machte ihn nervös.
„Er ist wieder weg." Seine Stimme klang rau, und er hustete leise, um sich zu räuspern.
„Ok", hörte er sie flüstern. „Ich gehe dann mal wieder ins Bett."
Er nickte nur.
„Danke."
„Wofür?" Irritiert sah er sie an.
„Dass du einfach da gewesen bist und mich nicht ausgelacht hast." Sie lächelte matt, und Ryans Herz machte einen kleinen Sprung. Er wollte nicht, dass sie ging, doch er sagte natürlich nichts.
Hannah ließ die Decke auf das Sofa gleiten und lief lautlos zurück in ihr Zimmer.
Als er die Tür hinter ihr ins Schloss fallen hörte, atmete er ein paarmal tief ein und wieder aus.

Kapitel 7

„Du bist also Hannah, endlich lernen wir uns auch mal kennen.“ Sylvia Wallace war resolut, genau so resolut, wie Hannah es bereits von Mona gehört hatte. Die taffe Endsiebzigerin hatte ihr schon bei ihrer Stadtbesichtigung mit Cooper kurz zu Gesicht bekommen, doch gesprochen hatte sie mit der Inhaberin des einzigen Einkaufladens von ganz Pinebell noch nicht.

Nachdem sie am Morgen gegen neun Uhr erwacht war, hatte Hannah schnell bemerkt, dass sie alleine in der Hütte war. Ryan musste früh nach Vancouver aufgebrochen sein, und auch wenn sich ihre geographischen Kenntnisse eher in Grenzen hielten, ging sie davon aus, dass er nicht vor dem Abend zurück sein würde.

Aus diesem Grund nahm sie sich zunächst viel Zeit, um ausführlich zu duschen und ihre Haare zu waschen. Danach frühstückte sie und stellte fest, dass sich die Vorräte in Ryans Kühlschrank langsam aber sicher ihrem Ende entgegen neigten. Da sie ihm nicht unnötig auf der Tasche liegen wollte, war Hannah gleich nach dem Frühstück aufgebrochen, um bei Sylvia ein paar Lebensmittel einzukaufen. Vielleicht würde sie am Abend eine Kleinigkeit kochen. Natürlich nicht für ihn, nur für sich selbst. Es sei denn, er wollte mitessen, aber davon ging Hannah selbstverständlich erst einmal nicht aus.

Sie ergriff die ausgestreckte Hand der älteren Dame und staunte über ihren festen Griff.
„Suchst du etwas Bestimmtes?“, wollte sie wissen, ehe sie wieder hinter ihren kleinen Tresen trat und Hannah erwartungsvoll anstrahlte.
„Ich wollte gerne ein paar Dinge einkaufen... für ein Essen. Vielleicht auch Frühstück.“ Hannah überlegte kurz. „Ich habe fast alles aufgegessen.“, gab sie dann verlegen zu.
„Das liegt daran, das Ryan nie genügend einkauft. Immer nur das Nötigste. Komm, ich helfe dir, die richtigen Sachen zu finden, wenn du mir im Gegenzug dabei hilfst, ein paar Kisten auszupacken. Mein Rücken spielt da leider nicht mehr mit, und Dean kommt erst heute Abend vorbei, um mir zu helfen.“
„Oh, ich packe gerne mit an!“ Hannah strahlte sie an. Sie würde sich endlich nützlich machen können und danach würde sie zu Mona ins Café gehen und ein wenig an ihren ersten Eindrücken für ihre Reportage arbeiten. So langsam aber sicher begann ihr der Aufenthalt in Pinebell tatsächlich Spaß zu machen.
„Sehr gut, dann komm mit. Im Lager habe ich einige Kisten stehen, die dringend von ihrem Inhalt befreit werden müssen.“ Sylvia öffnete eine kleine Tür hinter dem Verkaufstresen und humpelte voran ins Hinterzimmer.
„Und wenn Kundschaft kommt?“, fragte sie irritiert, die es aus ihrer Heimatstadt ganz und gar nicht kannte, dass man einen Laden einfach mal sich selber überließ.
„Dann muss sie rufen“, lachte die alte Dame und winkte Hannah zu ihr zu folgen.

Zögernd sah diese sich noch einmal um, bevor sie Sylvia ins Lager folgte.

Zwei Stunden später waren sie endlich fertig. Hannah taten die Arme weh, als sie abschließend die letzten Milchstiegen in ein Regal schob und sich anschließend genüsslich streckte. Die körperliche Arbeit war anstrengend gewesen, hatte aber tatsächlich gut getan. Sie war es nicht gewohnt, mit vollem Körpereinsatz zu arbeiten, doch was ihr am Auspacken und Verstauen der Lebensmittel besonders gut gefallen hatte, war die Ruhe in ihrem Kopf gewesen. Keine verwirrenden Gedanken, kein Kopfkino, einfach nur stumpfe Konzentration auf das, was die gerade tat. War das normal, dass ihr das so gut gefiel?
„Andere Menschen machen Yoga, wir räumen Regale ein", scherzte Sylvia da auch schon, und Hannah erwiderte ihr Lächeln aus ganzem Herzen. Sie hatte die alte Damen in den vergangenen zwei Stunden ein bisschen besser kennenlernen dürfen, und was sie ihr über Pinebell und ihr Leben erzählt hatte, beeindruckte Hannah. Als junge Frau hatte Sylvia Alaska für einige Zeit verlassen und war nach Europa gegangen, um an der Sorbonne in Frankreich zu studieren. Dort hatte sie ihren Mann getroffen, einen verschrobenen, viel älteren Künstler, der ihr schließlich zurück nach Pinebell gefolgt war und seine Zeit dort größten Teils damit verbracht hatte, die Berge und Flüsse dieses unglaublichen Bundesstaates zu malen. Sylvia selbst übernahm kurzerhand den Laden ihrer Eltern, in dem sie noch heute Lebensmittel an die Einwohner Pinebells verkaufte.

Ihr Mann war vor einigen Jahren gestorben, und seitdem war Sylvia ganz auf die Hilfe ihrer Nachbarn angewiesen, um den Laden am Laufen zu halten. Dass ihr das noch immer genauso viel Spaß zu bereiten schien, stand ihr förmlich ins Gesicht geschrieben. Zu seinem Bedauern hatte das Paar jedoch keine eigenen Kinder gehabt, so dass Sylvia dringend nach einer dauerhaften Aushilfe suchte. Diese zu finden, war allerdings gar nicht so einfach. Zwar jobbten hin und wieder einige der Halbwüchsigen bei ihr, um ihr Taschengeld aufzubessern, doch einen wirklichen Partner, der den Laden eines Tages einmal von ihr übernehmen würde, war bislang unauffindbar.

„So, und jetzt zu deinen Einkäufen. Sieh mal, ich habe dir schon ein paar Sachen zusammengestellt, die Ryan immer kauft, wenn er bei mir vorbeikommt. Gibt es noch etwas, was du gerne hättest?“

„Ich kann nur so viel mitnehmen, wie in meinen Rucksack passt“, stellte Hannah bedauernd fest. „Ich habe einen kleinen Motorroller, mehr leider nicht.“

„Dann nimm erst einmal diese Sachen hier.“ Sylvia wies auf den kleinen Stapel Lebensmittel, der gut und gerne für zweimal Frühstück und zwei Mittagessen reichen würde und half Hannah, diese in ihrem Rucksack zu verstauen. „Und dann kommst du morgen wieder und besuchst mich, ok?“ Sie lächelte.

„Das würde ich sehr gerne“, antwortete Hannah herzlich, „aber morgen machen wir einen kleinen Ausflug, und ich weiß nicht, wann wir zurück sein werden. Aber ich komme spätestens übermorgen vorbei.“

„Einen Ausflug?“ Sylvia zog fragend eine Augenbraue hoch. „Das klingt aber nicht nach Ryan.“
„Harry hat ihn gezwungen.“ Hannah wusste nicht, warum es ihr mit einem Mal so leicht fiel, dies zuzugeben, aber so war es nun einmal. Und es war mittlerweile in Ordnung für sie. Schließlich war sie nicht zum Vergnügen hier, und sie brannte darauf, endlich mit dem Artikel über Pinebells beginnen zu können. So viele Eindrücke hatte sie nun schon gesammelt, aber all diese Eindrücke gehörten nicht in einem Reisebericht, dessen war sie sich ganz sicher. Sie musste etwas erleben, etwas, was ihre Leser fesseln würde und sie genau hierher in diese seltsam verschrobene, aber liebenswerte kleine Stadt führen würde.

Im Wohnzimmer brannte Licht, das konnte Ryan schon von außen sehen, noch bevor er auch nur einen Fuß auf die Treppe der Veranda gesetzt hatte.
Er war erschöpft und hungrig. Der Flug nach Vancouver und zurück war anstrengend gewesen. Das Wetter hatte auf dem Rückweg nicht mitgespielt, und er war beinahe gezwungen gewesen, eine Notlandung einzuleiten. Wenn das Wetter umschlug, konnte es für die Piloten tatsächlich sehr gefährlich werden. Plötzlicher Nebel und dichte Wolken verdeckten den Blick auf die unzähligen Bergspitzen und nicht wenigen war dies bereits zum Verhängnis geworden. Es hatte seine ganze Konzentration gekostet, das Unwetter zu durchfliegen und sicher wieder in Pinebell zu landen. Auch hier hatte der Wind mittlerweile merklich aufge-

frischt und dicke Regenwolken bedeckten den sonst so blauen Himmel.
Hoffentlich verzog sich die Wolkenwand bald wieder. Er hatte am morgigen Tag einen Ausflug mit Hannah zu einer der Lachsaufzuchtstationen in der Nähe geplant. Sie lag ein wenig abseits und neben den Lachsen besuchten auf viele Bären die Station, die ihnen als natürliche Nahrungsquelle diente. Er wollte ihr zeigen, was ihr in der vergangenen Nacht so viel Angst bereitet hatte. Noch immer dachte er an ihren warmen Körper an seiner Seite und verspürte das Verlangen sie in seine Arme zu ziehen. Er blieb noch einen weiteren Moment lang auf der untersten Stufe der Treppe stehen, um sich gegen die aufsteigende Enge in seiner Brust zu wappnen. Sie war Zuhause. Gleich würde er ihr gegenüberstehen, und er hatte keine Ahnung, wie er sich verhalten sollte.
Schroff zu ihr zu sein, viel ihm schwer, doch es war die einzige Möglichkeit, sie nicht an ihn heranzulassen. Hannah hatte etwas seltsam Empathisches an sich. Alles an ihr wirkte zart und gleichzeitig unglaublich anziehend auf ihn, und Ryan hatte mittlerweile ernsthafte Schwierigkeiten, damit zurecht zu kommen.
Er seufzte leise und stieg endlich die letzten Stufen hinauf. Er würde duschen, eine Kleinigkeit essen und sich dann auf die Terrasse zurückziehen, auch wenn es so aussah, als würde jeden Moment das Unwetter über sie hinein brechen.
Vorsichtig öffnete er die Tür und erwartete Hannah auf dem Sofa im Wohnzimmer sitzen zu sehen. Stattdessen

entdeckte er sie in der kleinen Küche hinter dem Herd, und ein appetitlicher Duft von gebratenem Fisch stieg ihm in die Nase. Unwillkürlich begann sein Magen zu knurren.
„Das nenne ich mal Timing", begrüßte Hannah ihn da auch schon und lächelte so bezaubernd, dass er sich schleunigst wieder von ihr abwandte und seine Jacke zurück in den Flur brachte. Er schloss kurz die Augen und zählte bis Drei.
„Ich hoffe, es ist in Ordnung, dass ich Etwas gekocht habe?" Er hörte das Unbehagen in ihrer Stimme und verfluchte sich für seine zurückweisende Art. Doch es war nur zu ihrem aller Besten.
„Das ist ok", erwiderte er lahm und warf aus der Ferne einen Blick auf die Pfanne, in der in einem satten Goldbraun mehrere Fische vor sich hin brutzelten.
„Möchtest du mitessen?"
Er sah, wie sie sich nervös eine Locke zurück hinter ihr Ohr schob und unterdrückte den Impuls, sie zu berühren. Wie sich ihr Haar wohl anzufühlen vermochte?
„Ok." Was hätte er auch sagen sollen? Es wäre albern gewesen, ihr Angebot abzulehnen. Er war hungrig und dieses Haus war einfach zu klein, um Hannah tatsächlich aus dem Weg gehen zu können. Doch es war lange her, seit er mit jemandem zusammen gesessen hatte, um zu essen. Annies und Harrys Einladungen war er immer wieder erfolgreich ausgewichen. Meistens saß er abends alleine in seiner kleinen Hütte und aß, während er hinaus auf den See starrte.

Ohne ein weiteres Wort zu sagen, gesellte er sich zu ihr in die kleine Küche und holte zwei Teller aus einem der Küchenschränke.
„Ich habe auch Ale gekauft. Sylvia meinte, dass du manchmal welches mitnimmst.“ Hannah griff hinter sich und reichte ihm eine leicht gekühlte Flasche.
Diese Frau schickte wahrlich der Himmel!
„Danke. Sylvia hat dich anscheinend gut informiert.“
„Ich wollte etwas einkaufen, weil kaum noch etwas im Haus war. Ich hoffe, das war ok?“
„Hannah“, Ryan hielt inne. „Ich weiß, das hier ist irgendwie... schwierig,“ er überlegte kurz, dann fuhr er fort, „aber so lange du hier bist, kannst du natürlich einkaufen was und wann immer du magst. Du kannst die Küche benutzen, das Bad und natürlich auch alle anderen Räume, ok?“
Es klang gröber, als er beabsichtigt hatte, und Ryan mochte sich in diesem Augenblick selber nicht sonderlich. Natürlich war Hannah verunsichert. Er gab ihr auch allen Grund dazu, dabei war sie scheinbar wirklich nett. Mona hatte in den höchsten Tönen von ihr geschwärmt, und wenn selbst Sylvia mit ihr warm geworden war, schien sie wirklich nicht verkehrt zu sein. Aber er wollte sie nicht hier haben. Er wollte niemanden hier haben. Er wusste nicht genau, ob es daran lag, dass er es sich selbst nicht mehr gestattete, glücklich zu sein, oder ob er Angst hatte. Angst davor, wieder einen Fehler zu machen, den er nicht mehr korrigieren konnte. So wie bei Cody.
Schweigend holte Hannah den Fisch aus der Pfanne und legte ihn auf die bereitgestellten Teller. Sie wich seinem

Blick aus und konzentrierte sich ganz auf das Aufragen. Langsam fischte sie die heißen Kartoffeln aus dem Wasser und legte anschließend eine halbe Zitrone daneben. Ehe sie nach den fertigen Tellern greifen konnte, hatte er sie auch schon zum Tisch getragen.
Ohne ein Wort zu sagen, ließ sie sich mit dem Rücken zum See auf einem der Stühle nieder und wartete, bis auch er Platz genommen hatte.
„Hattest du sonst einen guten Tag?", fragte er schließlich, bevor er sich vorsichtig ein Stück des gebratenen Fischs in de Mund steckte. Er schmeckte außergewöhnlich gut.
„Mein Tag war gut, danke dir. Aber wir sollten jetzt essen." Sie wandte den Blick von ihm ab und widmete ihre Aufmerksamkeit wieder dem Fisch zu. „Ist nicht böse gemeint, aber weißt du, vielleicht kann ich ja ein paar Nächte zu Mona oder so ziehen. Ich könnte sie sicher fragen. Wir hatten einen schönen Nachmittag mit Cooper und ich glaube, du möchtest einfach lieber alleine sein."
Ryan hörte auf zu kauen und schluckte den Bissen in einem Stück hinunter. Fragend sah er sie an.
„Ist alles in Odnung?"
„Bei mir schon." Sie lächelte freudlos. „Aber ich möchte dir nicht zur Last fallen. Die Anspannung", Hannah zuckte hilflos mit den Schultern, „ich finde das belastend und dabei gefällt es mir mittlerweile so gut in Pinebell. Ich glaube, uns wäre beiden damit geholfen."
Ryan wollte widersprechen. Es überraschte ihn selber, wie sehr er sich innerlich dagegen sträubte, Hannah zu Mona

ziehen zu lassen. Natürlich, es wäre eine Lösung, die beste für ihn, aber andererseits.

„Ich halte das für keine gute Idee“, sagte er da auch schon zu ihrer Verblüffung.

„Aber“, Hannah sah ihn verwirrt an.

„Diese Augen“, dachte er angespannt und atmete tief ein und wieder aus. „Wir haben in den nächsten Tagen ein paar Touren geplant. Morgen müssen wir früh raus, übermorgen wollten wir uns Polarlichter ansehen.“ Er sah ihren überraschten Gesichtsausdruck. Nun gut, davon hatte er ihr noch nichts gesagt, aber egal, schließlich hatte er das auch soeben erst beschlossen. „Und dann wollte ich dir noch ein paar Inseln zeigen. Du bist nur noch zehn volle Tage hier, das schaffen wir schon.“

Was redete er da nur?

Hannah war verwirrt. Was genau wollte dieser Mann nun eigentlich von ihr? Dass sie so schnell wie möglich wieder verschwand? Dass sie blieb? Sie verstand ihn nicht. Seine ganze Art war so widersprüchlich, dass sie am liebsten aufgestanden wäre und ihn geschüttelte hätte. Doch ohne auf eine Reaktion von ihr zu warten, hatte er sich auch schon wieder seinem Essen zugewandt und schenkte ihr keinelei Beachtung mehr. Wie nur sollte sie jemals aus ihm schlau werden?

Ein lautes Donnern ließ sie unwillkürlich zusammenzucken und riss sie aus ihren sich drehenden Gedanken.

„Es kommt ein Unwetter“, sagte er ohne aufzublicken.

„Das habe ich mir schon gedacht“, erwiderte sie trocken und stocherte lustlos in ihren Kartoffeln herum.

Ein Blitz erhellte den Raum für einen kurzen Augenblick, und Hannah bekam eine Gänsehaut.
„Du hast keine Angst vor Gewitter, oder?“, fragte er da auch schon und sah sie aus zusammengekniffenen Augen fragend an.
„Ich mag sie nicht sonderlich“, gab sie widerstrebend zu. '*Und schon gar nicht, wenn ich mitten im Wald in einer Holzhütte nächtigen muss*', fügte sie in Gedanken hinzu. Aber das musste Ryan nicht unbedingt wissen. Er hielt sie sicher eh schon für einen Angsthasen.
„Du brauchst keine Angst zu haben.“ Seine Stimme klang mit einem Mal sanft, fast zärtlich.
„Ich habe keine Angst“, wehrte sie ab.
„Nein?“
„Vielleicht ein bisschen“, gab sie widerstrebend zu.
„Angst zu haben ist ok, nur nervig.“ War das etwa ein Lächeln?
Hannah entspannte sich ein wenig.
„Hast du denn Angst?“, fragte sie unvermittelt.
Er sah auf und ihre Blicke trafen sich. Hannah wurde mit einem Mal ganz warm. Wieso nur benahm er sich so seltsam?
„Oh ja“, sagte er leise. „Ich habe eine Scheiß-Angst.“

Hannah hörte das gleichmäßige Klopfen der Regentropfen über ihrem Kopf. Blitz und Donner waren kaum noch zu hören, doch noch immer dachte sie an den Abend, den sie mit Ryan zusammen auf dem Sofa verbracht hatte: Er in der einen Ecke, sie in der anderen. Seine Anwesenheit bei dem Gewitter hatte ihr mehr als nur gut getan, obwohl sie außer einigen wenigen Sätzen kaum miteinander geredet hatten. Doch nachdem sie ihm gestanden hatte, wie mulmig ihr bei dem Gedanken an das Unwetter zumute war, hatte er ihr ohne großes Aufhebens angeboten, den Abend mit ihm im Wohnzimmer zu verbringen. Hannah hatte begonnen, erste Eindrücke von Alaska und Pinebell in ihren Laptop zu tippen, während Ryan in einem Buch gelesen hatte, von dessen Titel sie noch nie zuvor gehört hatte. Es war fast ein wenig heimelig gewesen, seltsam, aber schön. Zum allerersten Mal seit ihrer Ankunft hatte sie sich nicht wie ein lästiger Eindringling gefühlt und hin und wieder hatte sie sich sogar dabei ertappt, wie sie Ryan beim Lesen seines Buches beobachtete.

Er war wirklich merkwürdig, aber gleichzeitig auch auf eine gewisse Art unwiderstehlich. Nie zuvor war sie einem Mann wie ihm begegnet. Er wirkte so zerrissen und gleichzeitig wie ein Baum, den nichts und niemand erschüttern konnte. Morgen würden sie zu einer Lachsaufzuchtstation fahren, und Hannah hatte keine Ahnung, was die dort erwarten würde. Und übermorgen? Die Aussicht, einen ganzen Abend mit Ryan unter freiem Himmel verbringen zu dürfen, ließ ihr kleine Schauer über den Rücken rieseln. Es war verrückt, sie kannte ihn kaum und doch fühlte sich sich auf irgendeine Weise mit ihm verbunden. Und mit Pinebell.

Der Ort gefiel ihr so gut, dass sie nur mit schwerem Herzen daran dachte, dass sie schon bald wieder nach Hause fliegen würde.

Nur noch wenige Tage mit Ryan.
Die Zeit rannte.

Kapitel 8

Die Lachsaufzuchtstation lag weiter entfernt von Pinebells, als Hannah gedacht hatte. Sie waren früh aufgestanden, und Ryan hatte ihr zu ihrer Überraschung zum Frühstück Spiegeleier und Brot serviert. Ohne große Worte hatte er anschließend eine Tasche mit ein wenig Proviant gepackt und war dann beinahe zwei Stunden lang mit Hannah durch das Hinterland Alaskas gerauscht.

Dass sie dabei nur wenig sprachen, störte sie kaum.

Die Landschaft, die sich vor ihnen auftat, war einfach nur atemberaubend. Ihre Strecke führte sie an riesigen Waldarealen vorbei, in der Ferne leuchteten die Berge, und Hannah konnte am Horizont sogar einige der berühmten Gletscher erkennen. Überall strömten Flüsse durch die Natur und kleine Seen schimmerten im Licht der Sonne, die an diesem Morgen außergewöhnlich warm auf sie herab schien.

Zum allerersten Mal genoss sie die Stille zwischen Ryan und sich, während er hin und wieder ohne großes Aufhebens anhielt, damit sie ein paar Fotos für ihre Reportage schießen konnte.

Als sie endlich ihr Ziel erreichten, sah Hannah als erstes die Bucht, in deren unmittelbarer Umgebung sich die Aufzuchtstation befand. Das Wasser schimmerte friedlich in der Morgensonne, und Möwen kreisten leise schreiend über ihren Köpfen.

„Du fragst dich bestimmt, warum ich dich ausgerechnet zu einer Aufzuchtstation bringe, oder?“ Ryan ließ die Tür des Pickups hinter sich ins Schloss fallen und zog seine Jacke aus. Der Tag versprach schön zu werden. Das Unwetter hatte die Luft auf angenehme Weise geklärt und die warmen Sonnenstrahlen auf der Haut hinterließen ein angenehmes Gefühl.
„Ein wenig“, gab Hannah zu, die es ihm gleichtat und ihr Gesicht genussvoll dem Himmel entgegen reckte. „Es wäre jetzt nicht meine erste Wahl hier in Alaska. Ich weiß, dass die Gegend bekannt ist für seinen Fischfang. Selbst bei uns wird damit geworben, aber ich weiß nicht, ob ich das wirklich sehen möchte.“
„In Alaska gibt es strenge Auflagen für den Fischfang. Es gibt keine künstlichen Fischfarmen oder dergleichen. Warum ich dich hierher gebracht habe, wirst du gleich sehen.“ Er machte ein paar Schritte auf eine kleine Hütte zu, die versteckt hinter einigen großen Bäumen hervorschimmerte.
Jetzt erst sah Hannah zwei Männer in wasserfesten Hosen und hohen Stiefeln auf sie zukommen. Sie trugen beide lange Bärte und ihre Gesichter waren wettergegerbt.
Sie lächelte.
„Ryan.“ Die Männer umarmten sich kurz und schlugen sich gegenseitig freundschaftlich auf den Rücken.
„Larry, Jake, das ist Hannah. Sie schreibt einen Artikel über unsere Gegend für ein deutsches Magazin. Ich dachte, ich zeige ihr mal, wie es bei euch so aussieht.“

„Ah, eine Journalistin?" Der Mann, den Ryan als Jake vorgestellt hatte, schüttelte ihr begeistert die Hand und zwinkerte ihr dabei lustig zu. Sie erkannte, dass er bedeutend jünger war, als sie auf den ersten Blick gedacht hatte.

„Na ja, sowas ähnliche", antwortete sie verlegen.

„Wir hatten vorletzte Nacht einen kleinen Zusammenstoß mit einem Grizzly, und ich dachte, wo kann man Bären besser beobachten, als bei euch?"

„Das ist richtig. Vor allem interessieren sie sich bei uns so rein gar nicht für die Menschen, sondern nur für unsere Lachse. Ungefährlicher geht's kaum", lachte Larry.

„Ihr habt hier Grizzlys?", fragte Hannah mit angehaltenem Atem.

„Überwiegend Schwarzbären. Kennst du den Unterschied zwischen Grizzlys und Schwarzbären? Weißt du, wie man sie unterscheiden kann?"

Hannah schüttelte den Kopf. „Die Fellfarbe wäre wohl zu einfach, oder?"

„Viel zu einfach. Es gibt braune Schwarzbären und schwarze Grizzlys. Sogar ganz helle Tiere, aber das einfachste Merkmal ist tatsächlich der kleine Buckel zwischen den Schulterblättern. Den haben nur die Grizzlys."

„Ah, ok." Hannah war überrascht.

„Und überall wo Lachse sind, da sind auch Bären", erklärte Jake weiter. „Wir kümmern uns hier um den Fortbestand der Fische. Sie kommen zum Laichen hierher und sterben dann. Das ist ihre Natur. Wir unterstützen sie hier beim Laichen und ziehen quasi ihre Eier auf. Für die Bären ist das ein gefundenes Fressen."

„Unten in der Bucht haben wir sogar eine kleine Aussichtsplattform für Touristen, von dort aus kannst du dir die Tiere gefahrlos aus der Nähe ansehen.“ Jake wies auf eine kleine Holztreppe, die in einiger Entfernung direkt hinunter zum Fluss führte.
„Manchmal kommen ganze Heerscharen von Touristen zu uns “, erklärte Larry. „Die Tiere sind das gewöhnt, so lange sich die Leute nicht hinter unsere Warnschilder trauen, ist das kein Problem.“
„Und die Bären fischen dort?“
„Ja, wenn die Lachse wieder zurück in ihren Geburtsfluss wandern, ist das der beste Ort für die Bären, sich ihr Mittagessen zu fangen. Wir haben hier in Alaska fünf der weltweit sieben vertretenen Lachsarten, da können sich die Bären glücklich schätzen.“
„Und wie genau funktioniert eure Aufzuchtstation?“ Hannah war fasziniert. Sie war sich nicht sicher gewesen, was sie wirklich von Ryans Vorschlag, sie zu einer Lachsaufzuchtstation zu fahren, hatte halten sollen, doch Jake und Larry schienen nett zu sein und was sie erzählten, interessierte sie.
„Dort hinten sind die Gebäude, in denen wir den Fischen ihre Eier entnehmen und diese dann besamen. Wir haben Brutschränke und setzen dann die Fische im Sommer wieder in den Gewässern hier in der Wildnis aus. Wir helfen quasi der Natur ein wenig auf die Sprünge.“
„Und das funktioniert?“
„Wir haben eine sehr gute Rückkehrquote und halten so den Fischbestand stabil.“

Hannah nickte wissbegierig und folgte den Männern dann die Treppe zum Ufer der kleinen Bucht hinunter.
„Und die Bären gibt's quasi gratis dazu?“, scherzte sie.
„Genau“, antwortete Larry und nahm ihren Arm, um ihr bei der letzten Stufe über einen große Vertiefung im Boden hinweg zu helfen. Sie fing Ryans Blick auf, der dies skeptisch zu beobachten schien, und sah dann schnell wieder zurück zum Ufer. An einer Stelle befand sich eine Art Stromschnelle und genau dort konnte sie endlich einen der Bären entdecken.
„Es ist noch sehr früh, normalerweise schlafen die Tiere um diese Zeit noch“, witzelte Jake, der ihrem Blick gefolgt war. „Der hat wohl schon Frühstückshunger.“
„Du musst dir die Bäume in der Umgebung ansehen“, warf Larry ein. „Manchmal sitzen sie direkt in der Krone. Außerdem kannst du dort auch Markierungen finden. So kommunizieren die Bären miteinander.“
Hannah entdeckte ein Warnschild, welches die Besucher darauf hinwies, den Bereich am Ufer nicht zu betreten. Fasziniert beobachtete sie den Schwarzbären dabei, wie er in das Wasser hinein watete und mit einem Fisch im Maul wieder hinaussprang.
„Gegen 12 Uhr erwarten wir heute wieder einer Reisegruppe, es war klug von euch, so früh hier vorbei zu kommen.“
„Können wir uns die Brutschränke ansehen?“, fragte Ryan und fuhr sich mit der Hand durch das dichte lange Haare.
„Du willst doch nur aus der Sonne raus“, neckte Jake ihn.
„In unseren Brutstätten ist es immer richtig angenehm kühl“, erklärte er Hannah.

„Ich würde gerne ein paar Fotos machen – von den Bären. Ist das ok?“
„Na klar, Ryan kennt sich ja hier aus. Er fliegt manchmal für uns, aber das weißt du sicher schon.“
Natürlich wusste sie das nicht.
„Larry und ich müssen kurz mit den Fischern sprechen, dann können wir uns gerne die Brutschränke ansehen.“ Jake nickte ihr lächelnd zu, dann wandte er sich auch schon ab, und sie sah zu, wie die beiden Männer sich wieder an den Aufstieg machten.
„Du fliegst also für sie“, sagte sie gedankenverloren, während sie den Blick wieder auf den Bären am Ufer richtete und nach ihrer Kamera griff.
„Wie für viele in der Gegend“, erwiderte er, während er ihrem Blick folgte.
„Die beiden sind sehr nett.“
„Ja.“
„Danke, dass du mich hierher mitgenommen hast. Das ist wirklich interessant.“ Sie meinte, was sie sagte. Gespannt beobachtete sie einen weiteren Bären, der sich vom anderen Ufer aus langsam dem Wasser näherte und dessen gemächlicher Schritt auf eine gewisse Weise fast ein wenig beruhigend auf sie wirkte. „Die Tiere sind so faszinierend.“
Ryan nickte. Er trat einen Schritt auf sie zu, und Hannah spürte deutlich seine Nähe. Sein Blick war starr auf das Wasser gerichtet, und sie wünschte, sie könnte hören, welche Gedanken ihm gerade durch den Kopf gingen.

Ryans Gedanken waren allerdings genau das, was er am dringendsten vor ihr zu verbergen versuchte. Er hatte den vergangenen Abend und ihre Gesellschaft viel zu sehr genossen und es gefiel ihm ganz und gar nicht, wie Jake mit ihr flirtete.

Er kannte die Brüder schon sein ganzes Leben lang. Hannah die Aufzuchtstation zu zeigen, war etwas, was nicht auf der Liste mit Ausflugsideen gestanden hatte, die Harry ihm zugesteckt hatte. Harry hatte Hannahs Aufenthalt genau durchgeplant: Mit einer Polarlichtertour, einem Rundflug über die Gletscher, Bootstouren und Übernachtungen unter freiem Himmel. Doch Ryan würde ganz sicher nicht mit Hannah in einem Zelt unter freiem Himmel übernachten. Doch er würde ihr die Polarlichter zeigen. Er hatte die Vorhersagen genau studiert, und wenn sie Glück hatten, würden sie am nächsten Abend ein spektakuläre Show am Himmel erleben können.

„Wollen wir uns die Brutschränke ansehen?“, fragte er.

„Oh ja, sehr gerne.“ Sie sah ihn nicht an, sondern blieb weiterhin mit dem Blick an den Bären hängen, die lustig durch das kühle Nass tapsten und sich einen Lachs nach dem anderen fingen.

„Gefallen sie dir?“

„Ich finde es einfach toll, diese Tiere in freier Wildbahn zu sehen. Nicht in irgendeinem Zoo. Das ist so...“ Hannah suchte die richtigen Worte. „Das ist so unglaublich. Genau so sollte es immer sein.“

„In Alaska ist es immer so.“ Ryan musste unwillkürlich lächeln. „Das Leben in einer Großstadt ist wirklich anders.“ Er biss sich auf die Zunge.
„Mona hat erwähnt, dass du Alaska eine Zeit lang verlassen hattest.“ Hannah wandte den Kopf und begann sich wieder an den Aufstieg zurück zum Parkplatz zu machen.
Ryan folgte ihr mit einigen Schritten Abstand.
„Das stimmt wohl.“ Er schob die Hände in die Hosentaschen seiner Jeans und ballte die Finger zu Fäusten. Wieso nur hatte er dieses Thema überhaupt angefangen? „Berlin muss eine große Stadt sein“, bemühte er sich ruhig zu sagen.
„Ja, es geht. Im Vergleich eben. Also für Deutschland ist es schon groß.“ Hannah drehte sich zu ihm um und lächelte. Ein Grübchen erschien auf ihrer rechten Wange, und Ryan spürte, wie seine Hände zu schwitzen begannen. Wieso nur war sie so bezaubernd?
„Und du arbeitest da also für diese Zeitung,“ Er wusste, dass er ungewöhnlich viel sprach, doch er musste sich ablenken. Er wollte nicht über ihre vollen Lippen und ihre schönen Locken nachdenken, und es gab auch noch einen anderen Grund für seine Fragen: Es interessierte ihn tatsächlich. Das erste Mal seit vier Jahren interessierte er sich wieder für einen anderen Menschen.
„Es ist ein Magazin. Wie veröffentlichen nur alle zwei Monate. Das hier ist meine erste Reise.“ Sie waren endlich wieder auf der Anhöhe angekommen, und Ryan sah, dass eine leichte Röte Hannahs Gesicht überzog. Schämte sie sich etwa dafür oder hatte der Aufstieg sie angestrengt?

„Und dann gleich so ein Desaster?“
„Das habe ich zu Beginn auch gedacht.“ Sie sah ihm offen ins Gesicht, und Ryan verspürte wieder diese merkwürdige Ziehen in seiner Brust. „Aber mittlerweile denke ich, dass ich ziemlich viel Glück gehabt hab.“ Mit diesen Worten ließ sie ihn einfach stehen und lief auf den winkenden Jake zu, der durch den Wald auf sie zu gelaufen kam.

„140 Millionen Eier.“ Kopfschüttelnd betrachtete Hannah die vielen Fotos auf ihrer Kamera, die sie von der Aufzuchtstation gemacht hatte. Sie war noch immer ganz beeindruckt von der Arbeit der Männer, den Bären und den vielen Lachseiern, die in einem riesigen Raum mit Brutschränken vor sich hinschwammen.
„Schon komisch.“ Sie warf Ryan einen kurzen Seitenblick zu, doch dieser sah konzentriert auf die Straße, während er den Pickup einen Hügel hinauf lenkte.
„Was?“
„Dass es solche Jobs gibt. Weißt du, da wo ich arbeite, sitzen alle stundenlang an ihren Computern, surfen im Internet und laufen von einem Meeting zum nächsten. Das ist eine ganz andere Welt.“
„Fehlt sie dir?“
„Überhaupt nicht!“ Hannah war selbst überrascht von der Heftigkeit ihrer Reaktion. „Nicht im geringsten. Ich dachte, ich würde es niemals ohne Handy oder Internet aushalten können, aber das erste Mal seit Jahren habe ich keine trockenen Augen und das Bedürfnis meine Mails zu

lesen ist gleich Null." Sie lachte. „Wie gut, dass der Empfang hier so bescheiden ist."

„Aber warum machst du dann diesen Job, wenn er so anstrengend ist?"

„Das ist eine gute Frage. Ich glaube, weil ich nie darüber nachgedacht habe, dass es da draußen in der Welt noch andere Möglichkeiten geben könnte. Als ich damals das Praktikum bei diesem Musiksender bekommen habe, dachte ich, das wäre alles, was ich immer gewollt habe. Dabei bin ich, glaube ich, völlig ungeeignet für diese Branche." Es war das erste Mal, dass Hannah das so freimütig vor einem anderen Menschen zugab.

„Musiksender?"

„Ich habe erst vor gut achtzehn Monaten in die Reisebranche gewechselt. Davor hab ich überwiegend als Lifestyleredakteurin gearbeitet. Das hat auch Spaß gemacht, aber ich glaube trotzdem, dass ich eigentlich nicht der Typ für so etwas bin."

„Wie meinst du das?"

„Die Arbeit war schon sehr... aufwendig. Im Grunde genommen bist du mit deinem Job verheiratet und manchmal musst du auch Dinge machen, hinter denen du gar nicht stehst. Das ist mühsam und klar, ich weiß, das ist in jedem Job so, aber ich glaube, mir hat einfach der Ehrgeiz gefehlt. Ich wollte nie vor die Kamera und ich wollte endlich wieder mein Leben leben." Hannah sah gedankenverloren hinaus aus dem Autofenster und genoss das satte Grün der Bäume um sie herum. Sie dachte an die vielen Chancen in ihrer Karriere beim Fernsehen, die sie nicht ergriffen hatte, und bedauerte dies nicht im geringsten. Es war gut, wie alles gekommen war. Es war gut, dass sie einen neuen Weg eingeschlagen hatte, und sie war neugierig auf all das, was noch auf sie warten würde.

„Jetzt ist es anders“, fuhr sie fort. „Ich schreibe einen Bericht über einen Ort und das gefällt mir. Aber mal etwas ganz anderes zu machen... nicht immer nur schreiben – das reizt mich auch irgendwie.“

„Eine neue Erkenntnis?“

„Oh ja, Jake und Larry waren sehr inspirierend.“ Sie lachte und spürte noch immer das warme Gefühl willkommen zu sein, welches die beiden ihr so herzlich vermittelt hatten.

Zu ihrer Überraschung bog Ryan plötzlich von der Straße ab und fuhr über einen kleinen Waldweg, an dessen Ende er schließlich stoppte und den Motor ausstellte.

„Wollten wir nicht zurück nach Pinebell?“, fragte sie irritiert.

„Schon, aber es ist noch früh. Ich dachte, du hättest vielleicht Lust auf Lunch im Freien.“

„Ein Picknick?“ Hannah sah sich aufgeregt um und öffnete dann die Autotür um auszusteigen.

„Du kannst es auch Picknick nennen. Das Wetter ist schön und das sollte man in Alaska wirklich ausnutzen.“

„Oh, das ist eine tolle Idee!“ Hannah spürte die warmen Strahlen der Sonne auf ihrer Haut und lächelte genüsslich. Interessiert sah sie dabei zu, wie Ryan eine Tasche und eine Decke hinter seinem Sitz hervorzog und auf eine Stelle hinter den Bäumen wies.

„Da ist der See.“

Jetzt erst sah Hannah das glitzerndes Wasser durch die Bäume hindurch leuchten. Aufgeregt warf sie die Autotür ins Schloss und lief voran auf das Dickicht zu.
„Gibt es hier Bären?“, fragte sie, bevor sie sich ihren Weg durch das Unterholz bahnte, jedoch nicht ohne sich dabei respektvoll bei den einzelnen Bäumen und Sträuchern für ihr Verhalten zu entschuldigen.
Ryan schüttelte fassungslos den Kopf.
„Redest du auch mit dem Holz, aus dem dein Bett geschnitzt ist?“
Er hörte Hannah lachen.
Ein schönes Lachen. Hell und fröhlich.
„Und, gibt es Bären?“, hakte sie nach, während sie voran lief.
„Bären, Elche, Karibus... aber ich fürchte, außer einigen Waschbären werden wir keine Tiere zu sehen bekommen. Sie sind nicht so erpicht auf menschliche Gesellschaft.“
„Na gut, damit kann ich leben. Oh!“, hörte er sie rufen. „Ist das schön!“
Ryan wusste genau, was Hannah meinte. Der See lag eingerahmt von einer wunderschönen Bergkulisse und glitzerte in der hochstehenden Sonne wie ein Diamant. Vor ihren Füßen erstreckte sich eine Blumenwiese, die im Spätsommer noch immer in den schillerndsten Farben blühte.
„Können wir von hier aus auch die Polarlichter sehen?“, fragte Hannah atemlos, als er neben sie trat. Ihre Freude über die Natur um sie herum war erfrischend. Es gefiel ihm, wie beeindruckt sie von der Landschaft war und für einen kurzen Moment vergaß er, ihr eine Antwort zu ge-

ben. Sein Blick ruhte auf ihrem Profil, während sie voller Begeisterung das Seepanorama betrachtete.
„Ryan?“ Ihre Stimme holte ihn wieder zurück in die Gegenwart.
„Wir müssen noch ein wenig Richtung Anchorage fahren.“ Er räusperte sich und begann, die Decke auf dem Gras auszubreiten. Verlegen fuhr er sich anschließend mit der Hand durch sein dichtes dunkles Haar. „Da haben wir einfach eine bessere Sicht“, fuhr er gespielt lässig fort. „Im Sommer sind die Nächte normalerweise zu hell, aber da wir mittlerweile September haben, sollten wir welche zu sehen bekommen.“
„Ich bin sehr gespannt.“ Lächelnd nahm Hannah auf der Decke Platz und zog sich geschäftig ihre Turnschuhe aus. „Ob das Wasser kalt ist?“
„Eiskalt“, prophezeite Ryan.
„Kann ich es ausprobieren?“, fragend sah sie ihn an, und er unterdrückte das Bedürfnis, sie an sich zu ziehen und zu küssen. Merkte sie denn gar nicht, dass sie ihn mit ihrer ganzen Art längst den Kopf verdreht hatte? Wie sollte er das noch neun lange Tage aushalten? Auf was hatte er sich da nur eingelassen?
„Probiere es aus“, sagte er schnell und öffnete dann die Tasche, in der er vor ihrer Abfahrt von der Aufzuchtstation ein mächtiges Carepaket verstaut hatte. Ein Geschenk von Jake und Larry.
Während er Sandwichs, Kuchen und zwei Flaschen Wasser auf der Decke ausbreitete, sah er, wie Hannah vorsichtig

am Ufer des Sees entlang tappte und quietschend einen Fuß in das kühle Nass hielt.
Ein Lächeln huschte über sein Gesicht.
Ihre Nähe tat ihm überraschend gut. Er musste einfach das Beste aus ihrer gemeinsamen Zeit machen. Schließlich hatten Harry und er einen Deal, und Ryan würde sich alle Mühe geben, Hannah ihren Aufenthalt in Pinebell so angenehm wie möglich zu gestalten, auch wenn er dafür ziemlich weit über seinen Schatten springen musste.
Doch wenn er sich die Wahrheit eingestand, dann machte sie es ihm wirklich nicht schwer, die Zeit mit ihr zu genießen.

Kapitel 9

Hannah saß in einer kleinen Nische des 'Gracie' und starrte gedankenverloren auf den Monitor ihres Laptops. Sie hatte einige Emails aus Deutschland bekommen, darunter auch eine von Dietmar Lohmeier persönlich, der durch '*die liebe Susanne*' erfahren hatte, dass sich Harry und Annie derzeit in Whitehill im Krankenhaus aufhielten und auf die Ankunft von Baby Jona warteten. Doch Hannah wusste wie sie ihn beruhigen konnte. Ihr Chef sollte nicht denken, dass sie sich hier in Alaska auf seine Kosten ein paar faule Tage machte.

Konzentriert klickte sie sich durch die Aufnahmen des gestrigen Tages und wählte ein paar schöne Bilder der beiden Schwarzbären aus der Lachsaufzuchtstation sowie einige Fotos von ihrem gemeinsamen Lunch mit Ryan am See heraus. Kurzerhand hängte sie diese an eine weitere Antwortmail an Dietmar Lohmeier und drückte auf „Senden". Die Bilder waren schon unbearbeitet ein Traum, und er würde sicher begeistert sein.

Ganz in Gedanken versunken, betrachtete sie eine Aufnahme von Ryan, die ihn im Profil zeigte. Sein Blick ging in die Ferne und vereinzelte Strähnen seiner dunken Haare bewegten sich leicht im seichten Wind.

Er hatte nicht mitbekommen, dass sie ihn fotografiert hatte. Es war die perfekte Momentaufnahme von einem gutaussehenden Mann inmitten einer traumhaften Landschaft.

„Er ist schon ein hübsches Kerlchen." Erschrocken fuhr Hannah zusammen, als sich Mona zu ihr an den Tisch setzte. „Früher, in der Schule, waren alle Mädchen verrückt nach ihm." Sie lächelte und reichte Hannah eine neue Tasse mit süßlich duftendem Tee.
„Hatte er eine Freundin?" Hannah kam sich dumm vor bei der Frage und schob schnell hinterher: „Ich meine hier in Pinebell. Die Stadt ist ja sehr klein."
„Er war lange mit Elsa liiert. Ich glaube, bis er damals weggegangen ist. Sie ist mittlerweile mit Rio verheiratet und arbeitet in Whitehill als Krankenschwester... aber sonst. Nein, ich denke nicht." Mona fuhr sich durch das kurze dunkle Haar. „Wieso fragst du?"
„Weil ich versuche, ihn zu verstehen. Weißt du", Hannah hob den Blick und sah Mona offen ins Gesicht, „manchmal, da ist er wirklich nett zu mir und manchmal, da denke ich, dass ich ihn einfach nur nerve."
„Das ist Ryan. Er macht es sich selbst nicht gerade leicht. Ich glaube, er steht sich manchmal einfach selber gerne im Weg." Mona zuckte die Achseln. „Aber das muss er selber herausfinden."
„Du kennst ihn wirklich schon sehr lange, oder?"
„Er ist quasi wie ein Bruder für mich." Monas Mund verzog sich zu einem schmerzhaften Lächeln. „Er und Cody waren unzertrennlich. Seit Cody nicht mehr da ist, hat er sich verändert. Mein Dad war wie ein Dad für ihn, aber das ist wirklich lange her."
Hannah nickte, obwohl sie noch immer keine Ahnung hatte, was damals zwischen Cody und Ryan vorgefallen war.

Aber das ging sie ja auch eigentlich gar nichts an. Schließlich war Ryan ihr keine Rechenschaft über sein Leben schuldig.
Doch sie hatte den vergangenen Tag mit ihm sehr genossen. Nach ihrem Ausflug zur Aufzuchtstation und dem gemeinsamen Lunch hatte er sie in Pinebell abgesetzt und war erst spät nach Hause gekommen. Sie wusste, dass er noch eine Tour geflogen war und hatte trotz allem gewartet, bis sie seine Schritte endlich wieder im Flur gehört hatte. Erst dann hatte sie sich in ihr warmes Bett gekuschelt und war auf der Stelle eingeschlafen. Es war ein schönes Gefühl, auf jemanden zu warten, der '*nach Hause*' kam.
Hannah war ganz warm bei dem Gedanken geworden, und als sie ihn am Morgen auf der Veranda hatte sitzen sehen, hatte ihr Herz einen kleinen Sprung gemacht.
Gemeinsam hatten sie ihren Kaffee in der aufgehenden Sonne getrunken, ohne miteinander reden, doch die Stille zwischen ihnen war, wie auch schon am Tag zuvor, nicht unangenehm gewesen.
Hannah verstand langsam, wie Ryan tickte, und sie begann, sich daran zu gewöhnen.
Da er den ganzen Tag über wieder in der Luft unterwegs sein würde, war sie nach einer ausgiebigen Dusche und einem guten Frühstück schließlich mit dem kleinen Motorroller nach Pinebell hineingefahren, um Mona Gesellschaft zu leisten und an ihrem Artikel zu schreiben.
Das erste Mal seit Jahren fühlte sie sich tatsächlich entspannt, und sie genoss das entschleunigende Gefühl in ihrem Leben. Niemals wäre sie zuvor auf den Gedanken ge-

kommen, so gut ohne ein Smartphone und eine dauerhafte Internetverbindung auszukommen, doch sie vermisste beides nicht im geringsten.

„Wann kommt er dich abholen?“

„Er holt mich gegen vier Uhr hier ab und dann fahren wir, wenn ich das richtig verstanden habe, erst einmal Richtung Norden. Ich freue mich echt so sehr. Ich meine, echte Polarlichter, das muss man sich mal vorstellen.“ Hannah Augen begannen zu leuchten, als sie nur daran dachte.

„Ach Hannah, du bist echt süß. Kein Wunder, dass die Jungs hier alle verrückt nach dir sind“, grinste Mona.

„Bitte was?“ Überrascht sah Hannah sie an. Eine dicke braune Locke fiel ihr dabei wirr in die Stirn und nahm ihr für einen kurzen Moment die Sicht.

„Sag bloß, das ist dir noch nicht aufgefallen? Ich glaube, ich hab die Jungs noch nie so oft bei mir im Café gesehen, seit du mich regelmäßig besuchen kommst. Wenn du jetzt auch noch an unserer Karaokenacht am Freitag teilnimmst, dann bekommst du wahrscheinlich reihenweise Heiratsanträge.“ Sie lachte. „Karaoke ist bei uns nämlich voll angesagt.“

„Du nimmst mich auf den Arm.“ Unsicher sah Hannah zu der Bar hinüber, wo die üblichen Verdächtigen saßen: Ben, Rio und Jack. In einer weiteren Ecke hockten James und Gareth an einem der freien Tische, und sie wusste, dass es nicht mehr lange dauern würde, bis die übrigen Fischer und Holzfäller nach getaner Arbeit zu ihnen stoßen würden.

„Nehme ich nicht." Mona hob die Stimme. „Jungs, Hannah kommt am Freitag zur Karaokenacht."
Hannah wurde augenblicklich rot, doch sie sah, wie nicht nur Ben erfreut den Daumen hob und sie breit grinsend ansah. Rio war der Einzige, der sich zurück hielt. Rio, der Elsa geheiratet hatte, Ryans Freundin aus der Schulzeit.
„Ihr singt hier echt Karaoke?", flüsternd wandte sie den Blick ab und sah in Monas lachendes Gesicht.
„Kannst du singen?"
„Vielleicht so ein bisschen."
„Na dann kann dir auf jeden Fall nichts passieren. Der Einzige, der neben Ryan überhaupt einen gerade Ton herausbekommt, ist James, alle anderen klingen eher wie verendende Wildgänse."
„Freitagabend, ja?
„Wir warten ab acht Uhr auf dich."

Ryan saß am Steuer seines Pickup und beobachtete aus den Augenwinkeln, wie Hannah die vorbeirauschende Umgebung förmlich in sich einzusaugen schien. Seit sie in Pinebell angekommen war, war aus der übermüdeten jungen Frau mit dem skeptischen Gesichtsausdruck ein völlig anderer Mensch geworden. Sie strahlte förmlich aus ihrem Innern heraus und nicht zum ersten Mal ertappte er sich dabei, dass er mehr über sie wissen wollte. Wer war Hannah Wagner? Gut, sie hatte ihm von ihrem Job erzählt. Er wusste, dass sie in dieser Hinsicht mehr verband, als Hannah überhaupt ahnte, doch ansonsten hatte er keine Ah-

nung, wer sie war, wie sie lebte und ob es da jemanden in ihrem Leben gab.
Nicht, dass ihn das sonderlich interessierte, aber bislang hatte er sie weder bei ausdauernden, sehnsuchtsvollen Telefonaten erwischt, noch sonst irgendeinen Hinweis auf einen Mann entdecken können.
Sie schien tatsächlich allein zu leben.
So wie er.
Aber er hatte ja auch seine Gründe.
Hatte Hannah diese auch?
„Meinst du, wir haben gute Chancen, heute Abend Polarlichter zu sehen?“, riss ihre Stimme ihn aus seinen Gedanken.
Erschrocken umklammerte er das Lenkrad ein wenig fester und wandte den Blick wieder konzentriert auf die vor ihnen liegende Straße.
„Die Vorhersagen sind gut. Ich kenne da eine ganz gute Stelle an einem See. Ich denke, die Lichter werden dich nicht enttäuschen.“
„Wahnsinn.“ Hannah lächelte glücklich.
Das Grübchen, welches ihm schon ein paarmal an ihr aufgefallen war, erschien wieder auf ihrem Gesicht und er ertappte sich dabei, wie er sie einen Moment zu lang im Spiegel der Frontscheibe beobachtete.
„Mona hat mich am Freitagabend zum Karaokesingen eingeladen“, fuhr sie fort.
Ryans Miene wurde hart.
Karaoke.

Noch immer hielt Mona an dieser albernen Tradition fest, die sie schon zu Schulzeiten ins Leben gerufen hatte, als ihr Vater noch das 'Gracie' geführt hatte.
Cody und er waren jeden Freitagabend mit dabei gewesen. Er hatte es geliebt dort zu singen, ob mit oder ohne Karaokeanlage, doch er war schon lange nicht mehr dort gewesen.
„Kommst du mit?"
Er hatte die Frage kommen sehen.
„Ich weiß nicht", sagte er ausweichend. „Eventuell bin ich da noch nicht von meinem Flug zurück.
Hannah nickte verständnisvoll.
„Ich hab lange nicht mehr gesungen", sagte sie leise. „Ich hoffe, ich blamiere mich nicht."
„Wird schon. Siehst du den Berg dort vorne?", wechselte Ryan da auch schon das Thema. „Dort fahren wir hin."

Hannah sah sich fasziniert um, während sie aus dem Pickup stiegt und rücklings nach ihrer Jacke tastete.
Sie waren waren ziemlich lange unterwegs gewesen und hatten sich kurz vor ihrem Ziel noch eine kleine Stärkung in einem Restaurant gegönnt.
Mittlerweile war es bereits dunkel geworden und nur der kühle Schein des Mondes tauchte ihre Umgebung in ein fahles Licht.
Ryan hatte das Auto auf einer Anhöhe geparkt, von der aus sie einen guten Blick ins Tal und auf den Berg hatten, den er ihr bereits von weitem gezeigt hatte. Zu ihren Fü-

ßen glitzerte das Wasser des Sees und die Luft hatte sich spürbar abgekühlt.
Sie schlang ein Tuch um ihren Hals und machte ein paar Schritte um das Auto herum.
„Hier." Ryan wies auf Transportfläche des Pickups, auf der Hannah nun einen Stapel Decken entdeckte. Er sprang hinauf und begann diese auf dem Boden zu einer bequemen Unterlage auszubreiten.
„Hast du deine Kamera?", fragte er, während sie sich ebenfalls auf die Fläche zog und mit anpackte.
„Alles dabei." Sie lächelte.
„Es dürfte nicht mehr lange dauern. Hier." Er ging in die Knie und öffnete eine Tasche, aus der er einige Flaschen Wasser und sogar ein paar Schokoriegel hervorzauberte.
„Das ist ja wie im Kino", kicherte sie und griff bereitwillig danach. „Nur besser." Versonnen starrte sie in den dunklen Himmel.
Ryan ließ sich auf der Decke nieder und lehnte sich mit dem Rücken an die Fahrerkabine.
Sie tat es ihm gleich. Obwohl die Transportfläche des Pickups groß war, spürte sie ihn dabei dicht neben sich. Sein Körper strahlte eine behagliche Wärme aus, und sie unterdrückte das Gefühl, noch ein Stück näher an ihn heran zu rutschen.
„Hast du die Lichter schon oft gesehen?", fragte sie stattdessen, um die sich anbahnende Stille zwischen ihnen zu durchbrechen.
„Ich bin in Alaska aufgewachsen." Sie konnte es nicht sehen, aber sie hörte das Lächeln in seiner Stimme.

„Ja, das war vielleicht eine dumme Frage."
„Nein, war es nicht. Ich kann mir schließlich auch nicht vorstellen, wie es ist in Europa zu leben."
„Wahrscheinlich gar nicht so anders als in den USA."
„Aber wie lebst du dort?"
Hannah war überrascht von seiner Frage. Interessierte ihn das wirklich?
„Ich... keine Ahnung. Also, meinst du, wo ich wohne und so?"
„Ja, zum Beispiel. Erzähl mir davon." Seine Stimme klang leise, fast flüsternd, und Hannah überkam eine Gänsehaut. Dieser Mann machte sie wirklich fertig. Nie wusste sie, woran sie bei ihm war. Fragte er nur, um die Zeit totzuschlagen oder weil es ihm wirklich wichtig war, mehr über sie zu erfahren?
Sie seufzte leise und dachte an ihre kleine Wohnung. Sollte sie ihm davon erzählen? Von Lisa und den Kids? Von ihrer Mutter?
„Das ist nicht so spektakulär", wehrte sie ab. „Ich habe eine kleine Wohnung in Friedrichshain. Der Bezirk ist mittlerweile ziemlich angesagt. Selbst wenn man nachts nach Hause kommt, ist es irgendwie immer voll auf den Straßen. Das ist einerseits gut, weil man sich nicht fürchten muss." Sie lachte leise. „Andererseits braucht man auch ewig von der Bahn nach Hause. Ich weiß nicht, wie viele Jungessellenabschiede und Geburtstagsfeiern ich dort in den letzten Jahren schon auf den Straßen erlebt habe."
„Wohnst du... allein?"

„Ja, klar. Die Wohnung ist winzig. Zwei Zimmer, aber winzig. Ich habe sie vor Ewigkeiten von einer ehemaligen Kollegin übernommen, aber ich wohne ganz gerne da.“ Hannah spürte, dass das stimmte. Sie mochte ihre kleine Wohnung. Die Miete war noch einigermaßen bezahlbar, und sie kam von dort aus überall schnell und sicher hin.

„Und deine Familie?“

„Meine Mutter meinst du wohl.“ Hannah seufzte. „Sie ist ein sehr ängstlicher Mensch, macht sich ständig Sorgen. Meine Eltern haben sich getrennt, als ich neun war, zu meinem Dad habe ich keinen Kontakt mehr.“

„Das kenne ich.“ Es war das erste Mal, dass er freiwillig etwas von sich Preis gab.

„Deine Eltern?“ Hannah wagte nicht ihn anzusehen.

„Meine Mom ist vor einigen Jahren gestorben und mein Dad hat sie verlassen, als Annie und ich klein waren. Ich habe keine Ahnung, wo er ist. Wir haben nie wieder etwas von ihm gehört.“

„Das ist hart, das weiß ich,“ erwiderte sie leise. „Nach außen hin tut man zwar immer so, als wäre es einem egal, aber das ist es nicht.“

Statt einer Antwort griff Ryan unwillkürlich nach ihrer Hand und drückte sie.

Hannah hielt den Atem an.

Seine Hand war warm, sein Griff fest, und sie erwiderte diesen mit einem sanften Druck.

„Siehst du das?“, fragte er unvermittelt, ohne ihre Hand loszulassen.

„Was?“ Ihr Herz klopfte schneller, als ihr klar wurde, dass er keinerlei Anstalten machte, sie wieder freizugeben. Ein ganzer Schwarm Schmetterlinge stieg in ihrem Magen auf und schlug regelrecht Purzelbäume.
„Da oben, das Licht.“
Tatsächlich. Für einen kurzen Moment hatte Hannah wirklich vergessen, weswegen sie überhaupt hier heraus gekommen waren. Doch nun sah sie es auch. Ein dünner Streifen grünes Licht, der kurz aufleuchtete und dann wieder in der Dunkelheit verschwand. Wieder folgte ein Streifen Grün, diesmal breiter, der gleich darauf abermals verschwand, nur, um noch breiter zurückzukommen.
Wie eine grüne Schlange zog sich das Licht durch die Nacht, langsam und doch beständig größer werden.
„Das ist unglaublich“, flüsterte sie atemlos und spürte, wie Ryan den Druck auf ihre Hand einen kurzen Augenblick lang verstärkte.
„Das ist wunderschön.“
Das Licht wurde ausladender und begann, sich an den Rändern bläulich zu verfärben.
„Es geht so schnell.“ Fasziniert beobachtete sie, wie der Himmel sich nach und nach in ein sattes Grün-Gelb-Blau verwandelte. Ein leichtes Sirren lag in der Luft. So sah es also aus, wenn Sonnenteilchen auf die Luftteilchen der Erde trafen. Es hatte etwas Unwirkliches an sich, genau so unwirklich, wie die Tatsache, dass hier auf dem Pickup mit Ryan saß und seine Hand hielt.
Und er ihre.

Sie wusste, dass sie das Ganze mit ihrer Kamera festhalten sollte, doch sie wollte seine Hand nicht loslassen.
Als hätte er den gleich Gedanken gehabt, flüsterte dicht an ihrem Ohr: „Deine Kamera."
„Ja." Augenblicklich ließ sie seine Hand los und griff mir zittrigen Fingern danach. Dietmar Lohmeier hatte ihr gezeigt, wie sie auch in der Dunkelheit gute Aufnahmen damit machen konnte, und Hannah war froh, dass die Bilder weder verwackelt waren, noch unscharf.
Nachdem sie ein paar schöne Aufnahmen im Kasten hatte, ließ sie sich wieder neben Ryan nieder und spürte, wie die Kälte langsam von ihr Besitz ergriff.
Fröstelnd schlug sie die Arme um ihren Körper und zog die Knie an.
„Ist dir kalt? Wollen wir gehen?", fragte er leise.
„Auf gar keinen Fall. Das ist so schön. Irgendwie auch unheimlich, aber auch schön."
„Es sieht aus wie bei Harry Potter, nicht wahr?" Wieder hörte sie das Lächeln in seiner Stimme.
„Du kennst Harry Potter?" Erstaunt wandte sie ihm das Gesicht zu. Er war so nah, dass es ihr einige Sekunden lang den Atem nahm.
„Jeder kennt Harry Potter."
„Ok. Aber ja, genau daran habe ich gedacht." Sie rieb fröstelnd die Hände aneinander.
„Komm her", sagte er leise und breitete einen Arm aus.
„Was?" Meinte er das ernst, doch Ryan sah sie einfach nur an.

Zögernd rutschte sie an ihn heran, und er legte den Arm um ihre Schultern. Sie kuschelte sich an ihn und zog das Ende der Decke über ihre Beine.
Mit einem Mal war ihr alles andere als kalt. Sie war ihm so nah, dass sie sogar seinen Herzschlag spüren konnte. Sein Arm lag um ihre Schulter, und sie konnte seinen angenehmen Duft deutlich wahrnehmen.
Dieser Mann machte sie wahnsinnig.
Am liebsten hätte sie den Kopf gehoben und ihn geküsst. Doch das traute sie sich natürlich nicht.
Wie er wohl küsste?
Seine Lippen waren voll, aber nicht zu voll. Ob sein Bart kratzte?
All diese Gedanken schossen Hannah durch den Kopf, während sie den Blick stur auf das eindrucksvolle Schauspiel über ihren Köpfen gerichtet hielt.

Ryan war innerlich wie erstarrt. Was hatte er sich nur dabei gedacht?
Hannahs Hand zu nehmen, war schon vollkommen falsch gewesen, doch sie sie nun ganz nah in seinen Armen zu spüren, war definitiv das Dümmste, was er hatte tun können.
Sie fühlte sich gut an.
Weich und zart, und er konnte deutlich den zarten Vanilleduft ausmachen, den ihre Haare verströmten.
Wieso nur hatte er sich dazu hinreißen lassen?
Es war ein Fehler, ein dummer Fehler.

Doch er verstand genau, wie sie sich fühlte, als sie von ihrem Vater gesprochen hatte. Er kannte die Floskeln selber nur zu gut, mit denen man auf Fragen nach den eigenen Eltern reagierte: lässig, abgeklärt und gleichgültig.
Hannah war ehrlich gewesen.
Sie hatte genau das in Worte gefasst, was er dachte und aus einem Impuls heraus, hatte er ihre Hand genommen – und gehalten.
Er hoffte inständig, dass sie diese Geste nicht falsch verstanden hatte.
Nun gut, spätestens, seitdem er sie in seine Arme eingeladen hatte, hatte sie ihn ganz sicher falsch verstanden. Oder etwa nicht?
Natürlich würde er sie nicht küssen, obwohl er nicht leugnen konnte, dass der Drang, dies zu tun, ziemlich stark war.
Aber wieso nur fühlte sich etwas so gut an, wenn es doch so falsch war?
Wieso nur konnte er nicht aus seiner Haut?
Hatte er sich wirklich so sehr verändert?
Das Leben hatte es getan.
New York.
Cody.
Und all die schweren Schuldgefühle, die er seither mit sich herumtrug.
Er konnte nicht glücklich sein, wenn Cody es nie wieder sein würde.
Das war er ihm schuldig.
Oder etwa nicht?

Er hatte noch nie mit einem anderen Menschen darüber gesprochen, über die Nacht, damals in New York.
Nur ein einziges Mal hatte er überhaupt erklärt, was passiert war, nämlich als er Mona die Nachricht überbringen musste, dass ihr Bruder nicht mehr lebte.
Doch sie kannte nicht die Details.
Niemand außer ihm wusste, wie hart die Wochen davor an Codys und seiner Freundschaft gezehrt hatten.
Hätte er ihm zugehört, wäre es vielleicht niemals soweit gekommen.
Ryan seufzte leise und zog Hannah unwillkürlich noch ein wenig fester an sich.
Er wollte ihr nah sein, nur ein ganz klein wenig, wollte nur für kurze Zeit vergessen, welche Schuldgefühle auf ihm lasteten und einfach nur sein. Im Hier und Jetzt. Mit ihr.
Der grüne Schein der Polarlichter zog über ihre Köpfe hinweg, und Ryan betrachtete versonnen Hannahs Profil.
Gebannt starrte sie in den Himmel hinauf.
Ihre vollen Lippen waren leicht geöffnet und ihre Locken wehte im auffrischenden Wind.
„Es wird Regen geben“, sagte er leise.
„Wie kommst du darauf?“ Sie wandte den Blick und ihre Gesichter waren nur noch wenige Zentimeter von einander entfernt.
Er wollte sie küssen, wollte sie schmecken, doch er wich vor ihr zurück und betrachtete stattdessen abschätzig die Umgebung.
„Der Wind“, sagte er schließlich. „Er frischt auf. Der Himmel zieht sich langsam zu. Wir sollten besser zurück

fahren." Mit diesen Worten zog er seinen Arm zurück und erhob sich schnell.

„Ok", hörte er sie sagen, und als er von der Transportfläche sprang, sah er, dass sie sich ebenfalls erhoben hatte.

Keine Sekunde länger hätte er dem Drang widerstehen können, sie zu küssen.

Es war höchste Zeit diesen Ort hier zu verlassen.

Es regnete fast den gesamten Freitag über und erst gegen Nachmittag riss der Himmel soweit auf, dass Hannah es wagte, sich auf die Terrasse zu setzen und eingemummelt in eine Decke ihren Nachmittagskaffee zu trinken.

Ryan war schon sehr früh am Morgen aufgebrochen, und das, obwohl sie erst nach Mitternacht wieder in Pinebell angekommen waren.

Der Regen hatte tatsächlich bereits auf ihrer Rückfahrt eingesetzt, und Hannah hatte die meiste Zeit darüber nachgedacht, was an diesem Abend zwischen ihr und Ryan geschehen war.

Irgendeine Barriere war gefallen, sie wusste nur nicht, welche.

War er zugänglicher geworden?

Mochte er sie vielleicht sogar? Oder war er eben nur ein Gentleman?

Sie war verwirrt.

Ihr Herz hatte heftig geklopft, als er ihr vor der Schlafzimmertür noch eine gute Nacht gewünscht hatte. Doch als sie am Morgen aufgewacht war, war er längst mit seinem Flugzeug wieder zu irgendeiner Tour aufgebrochen.

Gedankenverloren ließ sie den Blick über das verhangene Seepanorama gleiten.
Mona hatte sie heute Abend zum Karaokesingen eingeladen, und Hannah wusste nicht, ob sie wirklich im 'Gracie' auftauchen sollte.
Sie hatte lange nicht mehr gesungen.
Gut, vor einigen Jahren hatte sie einen ihrer Bekannten bei mehreren Jingle-Produktionen für verschiedene Radiosender stimmlich unterstützt und als Kind und Teenager hatte sie leidenschaftlich gerne im Chor gesungen.
Immer wieder hatte man ihr gesagt, dass sie eine schöne Stimme besaß, dennoch hatte sie eine professionelle Karriere als Sängerin nie ernsthaft in Erwägung gezogen.
Das Rampenlicht war nichts für sie. Ihr Leben sollte sich lieber hinter der Kamera abspielen.
Doch blamieren wollte Hannah sich an diesem Abend auch nicht.
Vielleicht hatte Ryan ja irgendwo noch ein paar alte CDs, mit denen sie sich warm singen konnte.
Hannah wusste natürlich, dass man einen Karaokeabend auf gar keinen Fall ernst nehmen durfte, aber sie wollte sich trotzdem nicht lächerlich machen.
Langsam stand sie auf und tapste zurück ins Wohnzimmer.
Die Luft war nach dem Regen angenehmen klar, und sie ließ die Terrassentür weit geöffnet, ehe sie sich in dem großen Raum umsah.
Ihr Blick fiel auf eine kleine Musikanlage mit einem CD-Player und einem Plattenspieler, und sie musste unwillkürlich lächeln.

Ryan sah genau so aus, als würde er Schallplatten sammeln. Sie liebte die alten Vinylscheiben und öffnete vorsichtig die Tür der kleinen Kommode, auf der der Spieler stand.
Wie sie es erwartet hatte, reihten sich darin dutzende von Schallplatten aneinander. In einer Ecke entdeckte sie zudem einen Stapel CDs, deren Cover sie allerdings noch nie gesehen hatte.
Zögernd streckte sie die Hand aus und nahm eine der CDs in die Hand.
Auf dem Cover standen drei Männer um ein Schlagzeug herum und einer von ihnen war ganz eindeutig Ryan.
Ihr stockte der Atem.
Vorsichtig öffnete sie die Hülle und nahm die schimmernde Scheibe in ihre Hand. Sie ahnte, dass Ryan die CDs nicht ohne Grund weggeschlossen hatte, doch ihre Neugier war erwacht. Wieso nur hatte er nie erwähnt, dass er einmal professionell in einer Band gesungen hatte? Vor allem in einer Band, die anscheinend einen Labelvertrag in der Tasche gehabt hatte. Hannah hatte ihm von ihrer Vergangenheit beim Musikfernsehen erzählt. Er wusste, dass sie sich in diesem Bereich auskannte. Wieso nur hatte er ihr nichts davon erzählt?
Weil es sie nichts anging, so einfach war das.
Mit fliegenden Fingern öffnete sie den CD-Spieler und lauschte einen Moment lang in die Stille des Hauses hinein. Doch außerdem dem Gesang eines Vogels war nichts zu hören.
Es war erst kurz nach fünf. Ryan würde wahrscheinlich erst in ein paar Stunden Zuhause sein.

Als die ersten Akkorde erklangen und seine Stimme einsetzte, bekam sie unwillkürlich eine Gänsehaut. Mona hatte nicht übertrieben. Ryan war gut gewesen. Seine Stimme klang rau und tief, die Musik nahm sie regelrecht gefangen, während sie wie gebannt auf das Cover starrte. Keane Johnson und Cody Millbank. Die Namen standen im Innern des Booklets und Hannah erkannte Cody von den Bildern in Monas Café wieder.
Fast im selben Moment, als Ryans Stimme in den Refrain des Liedes einstimmte, flog die Tür zum Wohnzimmer auf und Ryan stürzte zu ihr herein.
Hannah hatte nicht auf das Geräusch des ankommenden Pickups geachtet, sondern hatte sich voll und ganz auf die Musik konzentriert.
Mit wildem Blick sah er sie.
Ohne ein Wort zu sagen, machte er ein paar Schritte auf sie zu, riss ihr die CD-Hülle aus den Händen und drückte die Stopp-Taste der kleinen Stereoanlage.
„Was tust du hier?“ Seine Lippen bebten und sie konnte deutlich sehen, wie viel Mühe es ihn kostete, sie nicht anzuschreien.
„Ich... ich höre Musik“, sagte sie fast ein wenig trotzig. Er hatte ihr nicht verboten, an seinen Plattenschrank zu gehen, trotzdem wusste sie, tief in ihrem Innern, dass sie nicht das Recht dazu gehabt hatte.
Ryan schloss für einen kurzen Moment die Augen, und sie fürchtete sich schon vor einen weiteren Ausbruch, doch er blieb ruhig.
„Mach das nie wieder.“ Seine Stimme klang eiskalt.

„Was? Musik hören?“
„Diese Musik hören“, fauchte er.
„Aber sie ist schön“, setzte sie zaghaft an, doch er unterbrach sie sogleich.
„Hannah, bitte. Ich meine es Ernst.“ Er fuhr sich mit der Hand durch die dichten dunklen Haare. Nie zuvor hatte sie ihn so aufgewühlt erlebt.
„Es... es tut mir leid“, beeilte sie sich zu sagen. „Wirklich. Ich wollte nicht schnüffeln, ich wollte nur... heute Abend ist doch Karaoke, und ich dachte, wenn ich vielleicht vorher ein bisschen übe … und dann habe ich die CDs gesehen... und...“ Sie brach ab, als sich ihre Blicke trafen.
„Ich wäre jetzt gerne allein.“ Seine Stimme klang noch immer kalt.
„Ok.“ Mit hochrotem Kopf zwängte sie sich an ihm vorbei und griff im Vorbeilaufen nach ihrer Jacke und ihrer Tasche. Bevor Hannah jedoch die Haustür erreicht hatte, drehte sie sich noch einmal um und sagte: „Es tut mir leid. Ich... wollte nicht in deine Privatsphäre eindringen.“
Schweren Herzen ließ sie die Tür hinter sich ins Schloss fallen und blieb ratlos auf der kleinen Veranda stehen. Sie schämte sich.
Sie hatte nicht schnüffeln wollen und fühlte sich schrecklich schuldig.
„Ich hab alles kaputt gemacht“, flüsterte sie leise.
Langsam stieg sie die Stufen hinunter und setzte sich auf ihren Motorroller.
Sie bekam nicht mit, wie Ryan an das Fenster trat und dabei zusah, wie sie in der Dämmerung verschwand.

„Es ist Zeeeeit!“ Mona ließ sich schwungvoll auf den Stuhl neben Hannah fallen und sah sich freudestrahlend im 'Gracie' um.
Der Laden platzte fast aus allen Nähten. Überall standen oder saßen die überwiegend männlichen Einwohner von Pinebell herum und unterhielten sich lautstark, während sie genüsslich ihr Feierabendbier tranken.
Irgendjemand hatte neben der Bar eine kleine Bühne aufgebaut und sogar einige provisorische Scheinwerfer waren darauf gerichtet.
„Ach, wie schön. So viele waren lange nicht mehr da.“
„Wie oft macht ihr das?“ Hannah hatte versucht sich abzulenken. Nach ihrer Auseinandersetzung mit Ryan war sie geradewegs ins 'Gracie' gefahren und hatte Mona bereitwillig ihre Hilfe beim Spülen des Geschirrs angeboten. Doch auch diese monotone Arbeit konnte ihre Gedanken kaum unter Kontrolle bringen.
Ryan auf einen Cover.
Ryan singend auf einer EP.
Ryan, der in einer Band gewesen war.
Ryan wütend.
Auf sie.
Mona hatte von ihrer bedrückten Stimmung nichts bemerkt, und Hannah war mehr als froh darüber. Sie fürchtete sich ein wenig vor ihrer Rückkehr in das kleine Holzhaus und fragte sich, ob Ryan ihr inzwischen vielleicht schon wieder verziehen hatte.

Sie würde es rausfinden. Später. Erst einmal würde sie den Abend im 'Gracie' verbringen.
Vielleicht würde sie das Karaokesingen ja auf andere Gedanken bringen, auch wenn Hannah sich mittlerweile ganz sicher war, dass sie selber nicht singen würde. Dieser blöde Gesang. Ihm allein hatte sie es zu verdanken, dass die Harmonie, die seit einigen Tagen zwischen Ryan und ihr geherrscht hatte, nun dahin war.
„Meine Damen und Herren, ich begrüße Sie herzlich zu unserer Karaokenacht im 'Graciiiie'“, riss sie eine lachende Stimme aus ihren Gedanken. Sie entdeckte Ben, der auf die provisorische Bühne geklettert war und nun in das knarzende Mikrofon sprach.
„Heute Abend ist wieder alles erlaubt. Solonummern, Duette, Quartette – ja, auch du Jeff darfst singen.“ Die Menge lachte. „Aber vielleicht als Letzter oder so.“ Wieder ein Lachen.
Verstohlen blickte Hannah sich um.
Sie kannte einige der Leute an diesem Abend zumindest vom Sehen, doch einige waren ihr auch gänzlich fremd. Auch wenn Pinebell sehr klein war, war sie doch erst seit einer Woche an diesem Ort – eine Woche, die sich mittlerweile fast wie ein ganzes Leben anfühlte. Ein schönes Leben, so ganz anders als das, was sie sonst kannte.
Ruhiger, beschaulicher, aber nicht langweilig.
War das immer so, wenn man in Pinebell lebte? Oder lag es daran, dass alles neu für sie war? Und an Ryan?
Schon wieder Ryan.
Sie schüttelte unmerklich den Kopf.

„Wie immer haben wir hier eine Liste liegen“, fuhr Ben da auch schon fort. „Da tragt ihr euch ein und dann kanns auch schon losgehen. Und als Erster... oh, welch eine Überraschung, singt heute Abend: Ben!“, kündigte er sich da auch schon selber an.
Die Leute lachten und buhten zugleich, und Ben gab einem Jungen neben der Bühne ein Zeichen. Gehorsam startete dieser den Monitor des kleinen Fernsehers und der Startbildschirm des Karaokespiels leuchtete auf.
„Ich habe mir gedacht, heute beginne ich mal mit einer Ballade, steigere mich zu einem Metal-Song und singe am Ende das gesamte Billy Joel-Album runter. Und dann könnt ihr auch schon nach Hause gehen.“
„Fang endlich an, du Labertasche!“, rief einer der Männer und zustimmendes Gemurmel ertönte.
Während die Musik einsetzte, vernahm Hannah das leise Läuten der Türglocke und wandte den Blick.
Überrascht sah sie, wie Ryan sich durch die geöffnete Tür schob, an einigen der dort stehenden Männer vorbei, und sich in einiger Entfernung zu Mona und ihr an die Wand lehnte.
„Wow, Ryan ist gekommen!“ Mona war ihrem Blick gefolgt und stieß sie aufgeregt in die Seite, während Ben eine Reihe an schiefen Tönen in das bemitleidenswerte Mikrofon hauchte. „Er war nie hier seit... na, seit damals.“
Hannah nickte stumm, und als Ryan ihren Blick auffing, wandte sie schnell den Kopf wieder der Bühne zu.
Ihr Herz schlug schneller, doch sie zwang sich tapfer, Bens Darbietung zu lauschen. Zu allem Überfluss beugte dieser

sich auch noch hin und wieder zu ihr hinunter und zwinkerte ihr verführerisch zu.
Ben sah gut aus, keine Frage, und wenn sie Monas Blick richtig deutete, dann gefiel er ihrer Freundin mehr als nur gut. Sie saß da, das Kinn in die Hände gestützt und verschlang Ben regelrecht mit den Augen.
„Sing doch mal mit ihm ein Duett“, schlug Hannah vor, als der Song endlich geendet hatte und Ben das Mikrofon unter lauten Pfiffen und Applaus an Rio weiterreichte.
„Was?“ Mona sah sie mit großen Augen an.
„Ja, ihr würdet süß zusammen aussehen.“ Hannah lächelte sie ermunternd an.
„Auf gar keinen Fall!“ Irrte sie sich oder war Mona tatsächlich rot geworden?
„Wo ist eigentlich Cooper?“, wechselte Hannah schnell das Thema. Sie wollte ihre neue Freundin nicht in Verlegenheit bringen.
„Bei meinem Dad. Die beiden verbringen gerne Zeit zusammen.“
Hannah nickte und verzog erschrocken das Gesicht, als Rio im nächsten Moment auch schon krumm und schief einen Song von Dolly Parton anstimmte.
„Ich hoffe, James singt gleich, das ist ja nicht auszuhalten“, stöhnte Mona.
Verstohlen sah Hannah zu Ryan hinüber. Er stand noch immer unbewegt an der hinteren Wand des Cafés.
Was machte er hier?
„Er wird nicht singen“, unterbrach Mona da auch schon ihre Gedanken. „Leider.“

„Ok." Hannah zuckte scheinbar desinteressiert die Schultern und nahm einen Schluck von ihrem Bier.
Der herbe Geschmack war nicht wirklich das, was sie bevorzugte, doch an diesem Abend schien ihr das Getränk die passende Wahl zu sein.
Und zu ihrer eignen Überraschung hatte sie auch tatsächlich Spaß.
Die Männer gaben sich einer nach dem anderen die Klinke in die Hand und bis auf James Taylor konnte wirklich keiner von ihnen so richtig singen. Aber das machte nichts. Die Stimmung war so gut, dass Hannah hoffte, der Abend würde nicht allzu früh enden.
Selbst Monas Freundin Karen, die an diesem Abend den Dienst hinter der Bar übernommen hatte, traute sich auf die Bühne und sang ganz passabel einen alten Countrysong, dessen Interpreten Hannah nicht kannte.
„Ladys und Gentlemen, wir nähern uns langsam dem Höhepunkt des heutigen Abends", verkündete Ben da auch schon.
Hannah warf verstohlen einen Blick auf die Uhr über dem Tresen. Es war mittlerweile schon fast Mitternacht.
„I proudly present: Hannah!"
„Was? Ich hab mich doch gar nicht eingetragen!" Erschrocken sah Hannah erst zu ihm und dann zu Mona hinüber, die ihren Blick kichernd erwiderte.
„Hannah singt ein Duett mit... James", lallte Ben leicht und streckte ihr freudestrahlend die Hand entgegen.
Überrumpelt griff Hannah danach und ließ sich von Ben auf die kleine Bühne ziehen. Das Publikum johlte und

klatschte, und sie fühlte sich mit einem Mal ganz benommen. Das war nicht witzig.
Als sie auf der Bühne stand, spürte sie augenblicklich, wie ihre Hände schweißnass wurden. Genau aus diesem Grund hatte sie nie ernsthaft über eine Karriere als Sängerin nachgedacht. Sie hasste das Scheinwerferlicht und fühlte sich augenblicklich wie ein Kaninchen vor der Schlange.
„Hannah! Hannah!“, hörte sie Mona und Karen im Chor rufen und einige der Männer stiegen grölend mit ein.
Sie spürte Panik in sich aufsteigen.
Ja gut, dies war keine richtige Bühne. Sie kannte das Publikum, doch das machte die Situation irgendwie nicht besser. Ihr Mund wurde ganz trocken und im nächsten Moment wurde die Aufmerksamkeit der Menge auf einen torkelnden James gezogen, der kurz vor der Bühne stolperte und der Länge nach hinfiel.
„Der singt heute nicht mehr!“, lachte einer der Männer und versuchte, James wieder auf die Beine zu ziehen.
„Schade, schade, dann vielleicht beim nächsten Mal.“ Hannahs Stimme zitterte leicht, als sie in das Mikrofon sprach und sich daran machte, die Bühne wieder zu verlassen. Doch Ben hielt sie am Arm fest.
„Wir finden bestimmt einen anderen Gesangspartner für dich. Sieh nur, so viel Auswahl.“ Er wies in den halbdunklen Raum.
„Aber ich...“ Hannah wollte am liebsten von der Bühne stürzen.
„Ich singe mit ihr.“
„Du?“ Ben riss überrascht die Augen auf.

Hannah blinzelte. Ihre Sinne mussten ihr einen Streich spielen.

Ryan hatte sich durch die Menge zur Bühne vorgeschoben und nahm Ben bestimmt das zweite Mikrofon aus der Hand.

„Genau." Ryan sah Hannah nicht an.

In ihren Ohren rauschte es und nun erst merkte sie, dass die Leute um sie herum seltsam still geworden waren.

„Ok." Ben klatschte in die Hände und bewegte sich dann rückwärts von der Bühne hinunter. Fragend warf ihm der Junge an der Karaokemaschine einen Blick zu, doch Ben zuckte nur ratlos die Schultern.

„Passt Mick Barrot mit 'Super duper One'?", fragte er Ryan kleinlaut.

Ryan wandte den Blick und sah Hannah nun zum ersten Mal direkt in die Augen.

„Ich... ich kenne nur die Jane Walker-Version" sagte sie kleinlaut. Die britische Sängerin hatte vor einigen Jahren mit ihrem Cover einen großen Hit gelandet, und Hannah erinnerte sich noch gut an das sympathische Interview mit der jungen Frau.

„Ok, das passt schon." Er nickte dem Jungen zu und zog seine Jacke aus. Während er an Hannah vorbeiging, um sie abzulegen, flüsterte er ihr ins Ohr. „Ich hoffe sehr, dass du singen kannst."

Unwillkürlich musste sie lächeln.

Als die ersten Takte der Musik erklangen, schloss sie einige Sekunden lang die Augen. Der Kloß in ihrem Hals war verschwunden, und als sie Ryans Körper nah bei sich spürte, hörten auch ihre Hände endlich auf zu zittern.

Es war ok, sie konnte singen, vielleicht nicht wie Jane Walker, aber immerhin war sie in der Lage einen Ton zu treffen und ihn zu halten.

Und im Grunde genommen ging es hier einzig und allein um den Spaß. Sie kannte Ryan, im Gegensatz zu Ben und James, mit denen sie bisher nur einzelne Worte gewechselt hatte, und was am meisten zählte, er schien nicht mehr böse auf sie zu sein.

Schnell öffnete sie wieder die Augen und fand sogleich seinen suchenden Blick. Als er mit den Lippen ein „Ich?“ formte, nickte sie und gleich darauf begann er auch schon die erste Textzeile des Liedes anzustimmen.

Hannah bekam augenblicklich eine Gänsehaut. Ryans raue Stimme traf jeden Ton und auch wenn sie alles andere als soulig klang, passte sie doch ungewöhnlich gut zu dem Song. Ohne weiter darüber nachzudenken, begann sie nach und nach in das Lied mit einzustimmen. Erst vorsichtig, dann immer mehr und schließlich sang sie sogar eine komplette Strophe allein.

Ryan lächelte, als sie ihn anstrahlte, stolz, über ihren eigenen Schatten gesprungen zu sein und als die letzten Takte des Songs verklangen, war sie fast ein wenig enttäuscht darüber.

Im 'Gracie' war es mucksmäuschenstill, und erst als Ryan Hannah das Mikro abnahm und mit seinem zusammen auf den Tresen legte, begannen die Leute um sie herum zu jubeln.

„Das war so cool!“ Mona war aufgesprungen und applaudierte so heftig, dass ihr die Haare in die Stirn fielen. „Ihr habt so gut harmoniert.“

„Ryan hat gut vorgelegt“, wehrte Hannah ab, doch sie freute sich über das Kompliment. Aus den Augenwinkeln sah sie, wie einige der Männer Ryan bestätigend auf die Schulter klopften. Gerade, als sie ihn mit ihnen allein lassen wollte, griff er nach dem Ärmel ihrer Bluse und flüsterte: „Ich habe genug für heute. Wollen wir nach Hause fahren?“

Nach Hause.

Es klang gut. Vertraut.

Auch, wenn die kleine Hütte an dem wunderschönen See leider nicht ihr Zuhause war.

Nickend griff sie nach ihrer Jacke.

„Ihr fahrt?“, fragte Mona und umarmte sie.

„Ja, müde. Und morgen haben wir einen langen Ausflugstag geplant.“ Hannah hatte keine Ahnung, ob Ryan sich überhaupt noch daran erinnerte.

„Du hast dich wacker geschlagen. Und du hast ihn zum Singen gebracht.“ Mona strahlte sie an.

„Danke, ohne ihn wäre ich aber wirklich aufgeschmissen gewesen.“ Hannah warf einen Blick zu Ryan hinüber, der bereits an der Tür stand und auf sie wartete.

„Wir sehen uns spätestens am Sonntag.“

„Ja, Sonntag ist gut! Kommt gut heim.“ Mona winkte ihr zu, während sich Hannah einen Weg durch das Publikum bahnte.

Ben hatte bereits wieder die provisorische Bühne erklommen und riss irgendwelche Witze, während die Ersten es ihnen gleich taten und sich auf den Weg nach Hause begaben.
„Du hast mich gerettet. Danke." Hannah schlüpfte in ihre Jacke.
„Ich dachte, das wäre das mindeste, was ich habe tun können, nachdem ich mich vorhin wie ein Idiot benommen hab."
„Das hast du nicht!", protestierte Hannah sogleich, während sie in den wartenden Pickup kletterte. Bevor sie die Tür hinter sich ins Schloss warf, sah sie noch, wie Ryan ihren Motorroller auf die Ladefläche hob.
Kurz darauf saß er auch schon neben ihr und startete den Motor.
„Doch, so ziemlich. Es tut mir leid. Ich hätte dich nicht so anfahren dürfen."
„Ich hätte nicht einfach an den Schrank gehen dürfen. Als ich die EP gesehen habe, bin ich neugierig geworden."
„Das ist ok."
„Nochmals Danke."
„Gerne."
Sie schwiegen, während der dunkle Wald an ihren Autofenstern vorbeiflog, und Ryan schließlich den Pickup vor dem Haus parkte. Fröstelnd schlang Hannah die Arme um ihren Körper, während sie die Stufen der Veranda hinauf stieg und die Haustür aufschloss.
Sie schaltete das Licht an und blieb unschlüssig vor der Tür ihres Schlafzimmers stehen.

Ryan war ihr gefolgt und knipste eine kleine Lampe an, die das Wohnzimmer in ein wohliges Licht tauchte.
„Danke für den Song." Er blieb direkt vor ihr stehen. „Mir war nicht klar, wie sehr ich das Singen vermisst habe."
„Es hat Spaß gemacht." Hannah lächelte.
„Ja." Er zögerte. „Schlaf gut, Hannah." Zu ihrer Überraschung machte er noch einen weiteren Schritt auf sie zu und noch ehe Hannah wusste, wie ihr geschah, spürte sie auch schon seine Lippen zart auf ihrem Mund.
Alles war so schnell von statten gegangen, dass sie sich nicht sicher war, ob sie sich das Ganze nur eingebildet hatte.
„Gute Nacht", stammelte sie und griff nach der Türklinke. Mit klopfendem Herzen warf sie ihm noch einen letzten Blick zu, dann schloss sie die Tür auch schon hinter sich.

Kapitel 10

Er hatte sie geküsst.
Ryan konnte selbst nicht fassen, dass er dies getan hatte.
Es war einfach so über ihn gekommen, er hatte es selber nicht einmal kommen sehen. Doch schon den ganzen Abend über hatte er wieder und wieder mit dem Verlangen danach gekämpft, hatte sich, nachdem Hannah überstürzt das Haus verlassen hatte, Vorwürfe gemacht, weil er sie so angefahren hatte.
Gut, sie war ungefragt an seine Sachen gegangen, aber sie hatte nur Musik hören wollen. Musik, nichts anderes, und das auch nur, weil sie Angst gehabt hatte, sich bei der Karaokenacht zu blamiere. Das konnte er ihr wahrlich nicht vorwerfen. Sie war neu in Pinebell, und sie gehörte nicht zu den Menschen, die gerne im Mittelpunkt standen.
Doch sie hatte sich nicht blamiert, im Gegenteil. Ihre Stimme, anfänglich noch unsicher und zart, hatte nicht nur ihn beeindruckt. Je wohler Hannah sich auf der Bühne gefühlt hatte, desto schöner hatte sie gesungen.
Es war ein wenig wie früher gewesen, als Cody und er zusammen auf der Bühne des 'Gracie' gestanden und ihre Mikrofone kaum aus der Hand gegeben hatten. Musik, das hatte er am vergangenen Abend wieder deutlich gespürt, war Teil seines Lebens. Ohne fühlte er sich leer, doch das Duett mit Hannah hatte die kleine, nur noch schwach

leuchtende Flamme in seinem Innern, wieder zum Strahlen gebracht.
Wenn Cody nur mit dabei gewesen wäre!
Er hätte Spaß gehabt. Er hätte sein unvergleichliches Lachen gelacht und Ben mit ein paar wenigen Worten in seine Schranken gewiesen.
Hannah hätte ihn gemocht, dessen war er sich sicher. Jeder hatte Cody gemocht. Er war der Bruder für Ryan gewesen, den seine leiblichen Eltern ihm nie geschenkt hatten.
Und sein Fehlen schmerzte ihn, ebenso wie die Schuldgefühle, die ihn seit Codys tragischem Ableben vor vier Jahren fast ununterbrochen plagten.
Hatte er sein Recht darauf verwirkt, glücklich zu sein?
Oder waren das nur seine eigenen, strengen Auflagen, die ihn in das Leben eines verschrobenen Eigenbrödlers zwangen?
Er hatte Mona beobachtet, nachdem Hannah und er die Bühne verlassen hatten. Sie hatte gestrahlt und Hannah umarmt.
Sie hatte Ryan keine Vorwürfe gemacht. Nie.
Ebenso wie auch alle anderen das nie getan hatten.
Nicht einmal Codys Dad hatte das getan, und Ryan konnte nur ahnen, wie sehr der alte Mann unter dem Verlust seines einzigen Sohnes zu leiden hatte.
Aber er war zu feige gewesen, das Gespräch mit ihm zu suchen. Seitdem er nach Pinebell zurückgekehrt war, war er ihm aus dem Weg gegangen.
Seufzend warf er einen Blick zu Hannah hinüber und sein Magen zog sich unwillkürlich zusammen. Sie hatte ihre

dunklen Locken zu einem Bun zusammengebunden. Einzelne Strähnen hatten sich daraus gelöst und umspielten flatternd ihr hübsches Gesicht. Ihr Blick war unablässig auf die wunderschöne Landschaft zu ihren Füßen gerichtet, während sie langsam darüber hinwegflogen.
Im Gegensatz zu ihrem ersten Flug in seiner Maschine war Hannah am Morgen nicht widerstrebend, sondern voller Vorfreude zu ihm ins Cockpit gestiegen. Sie hatte ihre Kamera dabei, und Ryan wusste genau, welche Route er fliegen musste, um ihr dafür schöne Motive zu liefern.
Sein Ziel war eine Insel, auf der es nur eine kleine Hütte für Ranger gab und die man ohne Boot oder Flugzeug nicht erreichen konnte. Es gab einige Inseln in dieser Region, doch diese mochte er ganz besonders gern. Wenn alles gut ging, würden sie dort vielleicht auch andere Tiere als Bären zu Gesicht bekommen.
Mit zusammengekniffenen Augen betrachtete er die Wolkenfront, die sich langsam Richtung Westen schob, und er hoffte inständig auf den auffrischenden Wind. Wenn sie Glück hatten, würde dieser die Wolken an ihnen vorbeiziehen lassen. Wenn nicht, konnten sie sich auf ein schönes Unwetter gefasst machen.
Doch daran wollte er jetzt nicht denken.
Vorsichtig flog er eine kleine Kurve und entdeckte in einiger Entfernung auch schon den Platz, an dem er landen wollte.
„Ich gehe runter", informierte er Hannah und sie lächelte ihn vertrauensvoll an.

Ryans Hand krampfte sich um den Steuerknüppel und er begann, sorgfältig den Sinkflug einzuleiten. Er hatte keine Ahnung, wie oft er dies nun schon getan hatte. Hunderte, vielleicht sogar tausende Male. Seinen Flugschein hatte er bereits mit sechzehn gemacht, immer in der Absicht, die alte Maschine seines Vaters irgendwann einmal selber fliegen zu können. Sie war das Einzige, was ihm von ihm geblieben war.
Doch dann war er kurz nach seinem High School-Abschluss und dem traurigen Tod seiner Mutter weggegangen, hatte sein Leben gelebt und die Faszination, die er seit seiner ersten Flugstunde empfunden hatte, einfach vergessen. Er hatte nicht mehr an seinen Vater gedacht und sich von dem etwas naiven Jungen aus Alaska zu einem Businessmann im Anzug verwandelt.
Als er daran dachte, schnürte sich ihm unwillkürlich der Hals zu.
Diese Erinnerung war keine gute für ihn.
Glücklicherweise setzte er fast im selben Moment auf dem Wasser auf und lenkte die Maschine auf das kleine Island zu.
Wortlos öffnete er die Cockpittür, sprang auf die breiten Kufen des Flugzeuges, während er Hannah die ausgestreckte Hand entgegenhielt.
Zögernd griff sie danach und kletterte zu ihm hinüber.
„Auf dieser Seite ist das Ufer, so bekommst du keine nassen Füße." Er spürte ihre warme Hand in der seinen und versuchte nicht darüber nachzudenken.

Vorsichtig sprang er auf den feuchten Steinstrand und sah zu, wie Hannah es ihm gleich tat.
„Das ist unglaublich!“ Staunend sah sie sich um. „Ich möchte gern auf so einer Insel leben. Ist das möglich?“ Ihre Augen leuchteten und ihre Wangen waren leicht gerötet.
Ryan gefiel die Begeisterung, die sie so offen zur Schau trug.
„Ja klar. Auf vielen Inseln befinden sich Hütten für Ranger oder auch Touristen. Man kann sie mieten und dort zum Beispiel den Sommer verbringen. Aber es gibt auch Inseln, auf denen die Leute das ganze Jahr über leben.“
„Das ist so eine ganz andere Lebensqualität. Allein schon die Luft.“ Sie atmete tief ein und wieder aus. „Es ist so ganz anders als in der Großstadt.“
Ryan lächelte und gab ihr ein Zeichen, ihm zu folgen.
Sie stapften einen schmalen Hang hinauf auf das dicht bewachsene Ufer zu. Die Bäume reckten sich schier unendlich in den wolkenverhangenen Himmel und bildeten ein dichtes Dach aus Blättern über ihren Köpfen.
„Bist du nie auf die Idee gekommen wegzuziehen?“
„Oh, ständig. Unzählige Male habe ich schon in meinen Gedanken meine Koffer gepackt und bin einfach weggegangen.“
„Und warum hast du es nie getan?“
„Weil“, sie bleib stehen und sah ich verlegen lächelnd an. „Weil ich ein Feigling bin. Weißt du, ich würde so vieles so gerne einfach machen, aber irgendwie stehe ich mir immer selber im Weg.“

„Und wie hast du es dann nach Alaska geschafft?“

„Das habe ich meinem Chef zu verdanken. Das hier ist mein erster richtiger Job als Reiseredakteurin und wenn ich ehrlich sein soll, als er mich gefragt hat, ob ich eine Reportage über die USA schreiben wollte, hatte ich dabei nicht an Alaska gedacht.“ Sie wurde rot.

„Du dachtest an New York, stimmts?“

„New York, Los Angeles, San Francisco. Eben alles, was man so kennt.“ Sie zuckte die Schultern.

„Aber es war doch mutig von dir, trotzdem zu fahren“, stellte er fest und wies auf ein paar frische Pfotenabdrücke im feuchten Waldboden.

„Hier gibt es schon mal auf jeden Fall Füchse.“

„Na, so lange uns nicht gleich ein paar Grizzlys mit Handschlag begrüßen“, versuchte Hannah zu scherzen. Doch er sah, dass sie ein wenig nervös wurde.

„Alles gut“, sagte er beruhigend und zwang sich erneut zu einem Lächeln.

„Ich finde es mutig, dass du wo weit geflogen bist, ohne eine Ahnung zu haben, was dich überhaupt erwarten wird“, griff er den Faden noch einmal auf.

„Meine Mutter hat es '*dumm*' genannt.“ Er hörte eine leichte Verbitterung in ihrer Stimme.

„Versteht ihr euch gut?“

„Wir sehen uns nur selten, obwohl wir in der gleichen Stadt leben. Sie ist... so besitzergreifend und sie sieht in allem irgendwie nur das Negative. Ich glaube, im Grunde genommen, habe ich es ihr zu verdanken, dass ich mich vor so ziemlich allem fürchte, vor was man sich fürchten kann.“ Hannah biss sich auf die Zunge. Sie wollte nicht schlecht über ihre Mutter reden, doch Ryan hatte so eine Art an sich, mit der er sie dazu brachte, offen und ehrlich zu sein. „Ich möchte nicht nur das Negative sehen“, fügte sie leise hinzu. „Ich suche immer nach der guten Seite. Nur manchmal zeigt sie sich eben nicht gleich.“

Ryan nickte.

„Aber du springst gerade über deinen eigenen Schatten und das ist gut. Es ist der richtige Weg deine Angst loszuwerden.“

„Das ist mein Ziel.“ Sie grinste verlegen.

Ryan sah sie einen Moment zu lange an, dann spurtete unvermittelt los und wies auf eine kleine Hütte, die in einiger Entfernung zwischen den Bäumen stand.

„Das ist eine Rangerhütte. Dort können sich Wanderer und Ranger unterstellen, wenn sie von einem Unwetter überrascht werden oder hier in der Gegend sind, um nach dem Rechten zu sehen. Möchtest du sie dir ansehen?“

„Dürfen wir das denn?“

„Wir dürften dort sogar übernachten. Keine Sorge.“

Sie folgte Ryan zu der kleinen Holzhütte und beobachtete mit angehaltenem Atem, wie er die Tür öffnete.

Zu ihrer Überraschung sah das Innere gepflegter aus, als sie erwartet hatte. Staunend ließ Hannah ihren Blick über die spartanische Einrichtung wandern.

Es gab zwei Feldbetten, einen Kamin mit etwas Holz und sogar eine kleine Kochnische.

Auf einem der Feldbetten lagen ein paar Decken und ihr fiel auf, wie sauber es überall war.

„Ich denke, die Ranger waren gerade erst hier gewesen." Ryan wies auf die Kochnische. „Die Ranger warten die Hütten und halten sie in einem guten Zustand."
„Das ist ein gutes Konzept."
„Ja, und sehr sinnvoll in Alaska. Das Wetter kann hier sehr schnell umschlagen."
Sie verließen die Hütte wieder und sahen sich um.
„Wollen wir noch ein Stück gehen?", fragte er.
„Sehr gerne. Ich höre ein Rauschen, gibt es hier einen Fluss?"
„Nicht weit von der Hütte entfernt, komm."
Ryan wandte sich ab, und Hannah schloss zu ihm auf. Schweigend liefen sie nebeneinander her, beide in ihre eigenen Gedanken versunken.
Die vielen neuen Eindrücke, die Hannah in den vergangenen Tagen gesammelt hatte, beschäftigten sie, ebenso sehr wie der Kuss.
Ryan hatte sie tatsächlich geküsst.
Nur sanft und vorsichtig, doch er hatte damit deutlich gezeigt, dass er sie mochte.
Oder war es einfach nur eine unbedachte Handlung gewesen?
Hannah kannte Ryan zwar noch nicht lange genug, doch sie schätzte ihn nicht so ein, als würde er sich zu unüberlegten Handlungen hinreißen lassen. Doch seit sie am Morgen gemeinsam das Haus verlassen hatten, hatte er sich nicht anders verhalten als in den Tagen zuvor.
„Siehst du die Waschbären?", riss er sie aus ihren Gedanken.

Hannah folgte seinem Blick und sah ein Waschbärenpärchen in einiger Entfernung zu ihnen auf einem Stein am Ufer des Flusses sitzen.
„Oh“, machte sie entzückt und lukte vorsichtig durch ihre Kamera. „Sie sind wirklich süß.“
„Und kleine Diebe.“ Ryan lächelte. „Sie stehlen alles, was glitzert. Du solltest also gut auf deine Kamera aufpassen.“
Lautes Donnergrollen verschluckten fast den letzten Teil seines Satzes.
Die Waschbären sahen hinauf in den wolkenverhangenen Himmel und waren kurz darauf auch schon verschwunden.
„Wir sollten es ihnen gleich tun.“ Ryans Stimme klang genervt. „Komm, lass uns zurück zum Flugzeug laufen, bevor das Unwetter hier ankommt.
So schnell sie konnten, liefen sie den Weg zurück, auf dem sie gekommen waren.
Als sie fast das Ufer erreicht hatten, sah er sich um.
Der Wind hatte merklich aufgefrischt und dicke schwarze Wolken hingen über ihren Köpfen.
„Ich fürchte, bei dieser Wolkenfront kann ich das Flugzeug nicht starten.“ Wiederholt unterbrach ein lautes Donnergrollen Ryans letzten Satz und fast im selben Moment setzte auch schon der Regen ein.
„Schnell, zur Hütte!“, wies er sie an.
Hannah machte ein paar Schritte rückwärts und kam einen kurzen Augenblick lang ins Straucheln. Der Boden unter ihren Füßen hatte sich binnen von Sekunden in eine schlammige Lawine verwandelt. Ryan griff nach ihrer

Hand und hielt sie fest, als sie zurück zur Hütte stolperten. Sie erreichten sie im selben Moment, als es auch schon blitzte und die ganze Umgebung in ein fast unheimlich grelles Licht getaucht wurde. Der Regen wurde stärker, und Hannah spürte einzelne Tropfen über ihre Stirn laufen. Dicke Hagelkörner prasselten zu ihren Füßen auf den Boden, und sie waren durch und durch nass, als sie endlich das schützende Dach erreichten.

„Ich bin ein echter Idiot", hörte sie Ryan leise schimpfen. „Ich hätte es wirklich besser wissen müssen. Schließlich bin ich Pilot. Ich kenne mich mit dem Wetter hier in der Gegend bestens aus."

„Ist doch nicht schlimm" Hannah zog ihre durchnässte Jacke aus und sah sich suchend um. Ihr Blick fiel auf den Stapel Decken, den sie bereits bei ihrem ersten Besuch in der Hütte entdeckt hatte und der am Fußende eines der beiden Feldbetten lag. „Immerhin gibt es hier solche Hütten. Das ist wirklich ein Segen."

Ryan murmelte etwas Unverständliches und machte sich dann ebenfalls daran, seine nassen Sachen auszuziehen. Nur in T-Shirt und einer ziemlich feuchten Jeans machte er sich daran, das Feuer in der kleinen Kaminstelle zu entzünden.

„Das Holz wird leider nicht lange halten", sagte er gedankenverloren. „Und das Holz von draußen wird viel zu nass sein. Ich werde noch schnell ein paar Scheite holen, dann können wir versuchen, es mit dem Holz hier in der Hütte anzuzünden."

„Du willst wirklich wieder raus in das Unwetter gehen?“, fragte Hannah zweifelnd und schlang eine der steifen Decken um ihren Körper.
„Wenn ich es nicht tue, werden wir ziemlich frieren. Nasser als nass geht ja zum Glück nicht.“ Ryan griff erneut nach seiner Jacke und öffnete die Tür. Ein Schwall Wasser schlug ihm entgegen und noch eher er die Hütte vollständig verlassen hatte, war er erneut bis auf die Haut durchnässt.
Angespannt hockte Hannah sich an das kleine Feuer und lauschte hinaus in den Regen, doch außer dem beständigen Rauschen der Tropfen und dem Heulen des Windes war nichts zu hören.
Das hatten sie wirklich gut hinbekommen.
Fröstelnd hielt sie die Hände an die kleine Flamme. Wie schnell das Unwetter doch über sie hereingebrochen war. Einen Moment lang dachte sie versonnen an ihren kleinen Spaziergang zurück. Noch nie zuvor hatte sie sich in so kurzer Zeit so verbunden mit der Natur gefühlt. Tja, aber die Natur hatte eben auch eine andere Seite, und Hagel und Gewitter gehörten ebenso dazu wie Sonnenschein und blauer Himmel. Wenn das mal keine schöne Gleichung für das Leben war! Sie musste unwillkürlich lächeln.
Dann erhob sie sich frierend und warf einen Blick aus dem einzigen Fenster. Doch der Regen war mittlerweile so stark geworden, dass sie Ryan nirgendwo entdecken konnte.
Fast im selben Moment rumorte es laut an der Tür. Da war er, klatschnass, jedoch mit einem Stapel Holz in seinen Armen. Seine langen Haare klebten an beiden Seiten seines

Kopfes und unzählige Tropfen rauschte in kleinen Sturzbächen über sein Gesicht.
„Oh nein." Schnell eilte sie auf ihn zu und nahm ihm vorsichtig das Holz ab.
„Mehr konnte ich leider auf die Schnelle nicht tragen." Zerknirscht sah er sie an.
„Das wird schon reichen. Komm, setz dich ans Feuer, sonst holst du dir noch was weg." Hannah legte das Holz neben den Kamin und griff nach einer der Decken. „Du musst dich ausziehen." Sie spürte, wie sie bei den Worten rot wurde. Glücklicherweise war es durch das Unwetter so dunkel in der Hütte, dass er es nicht sehen konnte. „Sonst bekommst du eine Erkältung", schob sie noch schnell hinterher.
Diskret wandte sie sich ab und setzte sich wieder auf den Boden neben das Feuer. Sie hörte hinter sich ein Rascheln, doch sie ließ ihre Augen weiterhin auf die kleinen tanzenden Flammen gerichtet. Erst als sie ein lautes Schleifgeräusch vernahm, wandte sie den Kopf.
Sie sah, wie Ryan eines der Feldbetten auf sie zuschob. Geschwind erhob sie sich und half ihm, das Bett direkt vor dem kleinen Kamin zu positionieren.
„Dann müssen wir nicht auf dem Boden sitzen", sagte er zur Erklärung, und sie nickte, angestrengt bemüht, ihn nicht genauer anzusehen. Er trug nur noch seine Jeans, sein Oberkörper war nackt und nur ein kurzer Blick auf seinen trainierten Körper, ließ ihr Herz einen Schlag lang aussetzen.
Wusste er eigentlich, wie gut er aussah?

Ohne sie eines weiteren Blickes zu würdigen, machte Ryan sich daran, einige der feuchten Scheite in das lodernde Feuer zu legen. Es zischte laut, doch nach wenigen Augenblicken, gingen tatsächlich die Flammen darauf über.
Hannah seufzte erleichtert.
„Wir können Wasser kochen und Tee aufsetzen“, schlug er vor. „In diesen Hütten gibt es eigentlich immer ein paar Vorräte.“
„Ok, das kann ich machen. Wärme du dich erst einmal auf.“ Hannah war froh, ein paar Meter Abstand zwischen ihn und sich bringen zu können. Mit klammen Fingern öffnete sie die Tür des einzigen Schrankes im gesamten Raum und fand auf Anhieb einige Konservendosen und zwei Packungen Tee.
„Pfefferminze oder Earl Grey?“, fragte sie, ohne sich nach ihm umzusehen.
„Egal.“
Sie hörte das Geräusch von Wasser, was in einem Topf gegossen wurde und wandte nun doch den Blick. Ryan hatte sich eine Decke um den Körper geschlungen und war damit beschäftigt, Teewasser zu kochen.
Schnell griff Hannah nach zwei Emaillebechern, die ebenfalls in dem Schrank gestanden hatten und tapste zurück zum Feuer.
„Das ist wirklich ein gutes System“, staunte sie, während sie die beiden Becher zwischen sie stellte. „Ich meine, diese Hütten. Man hat alles, was man braucht. Sogar Brot in Dosen.“ Sie grinste breit und wies auf den immer noch offenstehenden Schrank.

„Ja." Ryan nickte langsam und goss vorsichtig etwas von dem mittlerweile kochenden Wasser in ihre Becher. Der Duft von Pfefferminze stieg zwischen ihnen auf und durchzog die kleine Hütte mit einem angenehmen Geruch. Hannah ließ sich neben ihm auf dem Feldbett nieder und lauschte hinaus in das Unwetter.

„Wenn wir Glück haben, ist es bald vorbei, wenn nicht... müssen wir erst einmal hierbleiben. Kein vernünftiger Pilot geht bei diesem Wetter in die Luft." Sie sah, wie er einen der Becher mit beiden Händen umfasste und den Blick auf die tanzenden Flammen des Feuers richtete.

„Gibt es auch unvernünftige Piloten?", fragte sie leise und tat es ihm gleich.

„Wir haben schon einige verloren. Man unterschätzt das Wetter schnell. Aber bei Nebel und dichten Wolken kann man die Berge nicht immer rechtzeitig sehen. Das ist sehr gefährlich."

„Verstehe." Sie hatte nie darüber nachgedacht, wie abenteuerlich sein Job eigentlich war. Die vielen Bergkuppen in Alaska stellte tatsächlich ein Risiko für die Piloten dar, ebenso die Unwirtlichkeit der Landschaft, die es ihnen nicht immer leicht machte, überall zu landen.

„Warst du schon mal in einer brenzligen Situation?", fragte sie leise.

„Nicht in Alaska", sagte er gedankenverloren, und Hannah fragte sich unwillkürlich wovon er wohl sprach.

„Wo hast du eigentlich noch gelebt?" Sie wusste, dass er nicht gerne über sich sprach. Aber nun waren sie hier und

sie hatte ihm bereits so viel über sich selbst erzählt, dass er nun endlich auch einmal an der Reihe war.
Ryan schwieg einen Moment lang, dann sagte er: „Ich bin nach der High School auf ein College in New York gegangen. Ich wollte weg aus Alaska. Ich dachte, überall musste es aufregender sein, als hier. "
„Und war es das?"
„Es war zu aufregend." Es donnerte ohrenbetäubend, und Hannah zuckte unwillkürlich zusammen. Ryan warf ihr einen kurzen Seitenblick zu, sagte aber nichts.
„Was hast du studiert?", nahm sie den Faden wieder auf.
„Jura."
Überrascht sah sie ihn an. „Wirklich?"
„Wirklich." Um seinen Mund erschien ein schwaches Lächeln.
„Das kann ich mir beim besten Willen nicht vorstellen", lachte sie.
„Es war eine kurze Phase." Sie spürte, dass er das Thema so schnell wie möglich wieder fallen lassen wollte, doch so einfach wollte sie ihn nicht davon kommen lassen. Jeden Tag erfuhr sie mehr über diesen eigenbrödlerischen Mann, der mit seiner ganzen Art eine so große Faszination auf sie ausübte.
„Hast du in einer Kanzlei gearbeitet?"
Er nickte unmerklich.
„Lange?"
„Ein wenig."

„Aber dann hast du gemerkt, dass die große weite Welt der Rechtsanwälte doch nicht das richtige für dich ist.“ Sie schenkte ihm ein Lächeln.
„So ähnlich. Bitte, können wir über etwas anderes reden?“
„Ich versuche doch nur, mir ein Bild von dir zu machen. Du überrascht mich immer wieder. Immer wenn ich denke, jetzt habe ich dich verstanden, kommst du mit etwas Neuem um die Ecke.“
Wie seinem Kuss, dachte sie unwillkürlich.
„Du willst wissen, warum ich nicht mehr in New York bin und als Rechtsanwalt arbeite? Du willst wissen, warum ich am liebsten alleine bin und Gesellschaft nur schwer ertragen kann?“ Seine Stimme klang mit einem Mal fast ein wenig schneidend, und Hannah rutschte unwillkürlich ein Stück weit von ihm ab. Mit dieser Reaktion hatte sie ganz sicher nicht gerechnet.
„Es geht mich nichts an“, sagte sie beschwichtigend. „Tut mir leid, dass ich gefragt habe.“
„Da hast du Recht, es geht dich nichts an“, sagte er, bemüht, seine Stimme ruhiger klingen zu lassen. „Aber weißt du was, vielleicht ist es ja gut, wenn du es endlich erfährst. So wie es alle in Pinebell wissen und weswegen mich auch alle in Ruhe lassen.“ Sie sah, dass seine Hände zitterten, als er sich die nassen Strähnen seiner Haare aus dem Gesicht wischte und sie aufgewühlt ansah.
Der Regen prasselte so laut auf das Dach der kleinen Hütte, dass Hannah fast ein wenig Mühe hatte, ihn richtig zu verstehen. Wann genau war die Stimmung nur so katastrophal gekippt?

„Du willst also wirklich wissen, was passiert ist, ja?“, fragte er.
„Ich weiß nicht.“ Benommen zog sie die Decke fester um ihren Körper und sah, dass Ryan es ihr gleich tat. Inzwischen war es in der kleinen Hütte deutlich wärmer geworden und der Tee hatte sie auch von innen heraus ein wenig gewärmt, doch die plötzliche Kälte zwischen ihnen löste ein regelrechtes Unbehagen in ihr aus.
„Ich bin nach New York gegangen, um was zu erleben“, fuhr er ungerührt fort. „Cody und ich, wir hatten keine Ahnung, wie es außerhalb Alaskas aussah. Alles, was wir darüber wussten, kannten wir aus dem Fernsehen.“ Seine Stimme klang rau, fast heiser und sein Blick glitt ins Leere, während er sprach. „Wir bekamen beide ein Stipendium. Cody studierte Sport, ich Jura. Ich wollte was aus mir machen, wollte Geld verdienen, aber ich wollte auch Spaß haben. Cody und ich“, er machte eine kurze Pause. „Cody und ich spielten in dieser Band. Wir waren erst zu fünft, später dann nur noch zu dritt. Unsere Mitmusiker kamen und gingen, aber wir spielten während unserer Collegezeit fast jeden Abend irgendwo. Das hatten wir schon immer so gemacht. Erst hier in Pinebell und nun eben auf irgendwelchen Verbindungspartys oder in verschiedenen Clubs. Es war eine super Zeit.“ Er sprach schnell, und Hannah hatte das Gefühl, als wollte er das, was er zu sagen hatte, möglichst schnell hinter sich bringen.
„Und was ist dann passiert?“, fragte sie atemlos.
„Eines Abends kam dieser Typ nach einem Auftritt zu uns. Ihm gehörte ein kleines Lable und er wollte eine EP mit

uns aufnehmen. Wir waren komplett aus dem Häuschen." Ryan seufzte schwer bei der Erinnerung daran. „Cody schmiss noch am selben Tag das College, ich tat es nicht. Ich hatte gerade erst angefangen, in einer großen New Yorker Kanzlei zu hospitieren und sie wollten mich übernehmen." Er atmete ein paar Mal tief ein und wieder aus und an seinem Gesichtsausdruck konnte Hannah deutlich sehen, dass er in Gedanken gerade wieder in New York war.

Erneut bereute sie es, ihn dazu gedrängt zu haben, darüber zu sprechen.

„Wir gingen ins Studio, zwei volle Tage lang und danach begann Cody eine kleine Tour zu organisieren. Das Lable wollte, dass wir die Orte, an denen wir spielten, ausweiteten. Aber ich konnte nicht. Die Arbeit in der Kanzlei war... aufwendig. Oft saß ich mit den anderen bis spät in die Nacht hinein an irgendwelchen Fällen, und wenn ich nach Hause kam, war Cody noch immer unterwegs und feierte in irgendwelchen Clubs. Wir entwickelten uns in zwei völlig unterschiedliche Richtungen."

„Wurde die EP je veröffentlicht?", fragte Hannah behutsam. Sie wusste, wie viel Arbeit es für kleine Bands war durchzustarten. In der Regel blieb ihnen nichts anderes übrigen, als möglichst viel live zu spielen und Klinken zu putzen.

„Das Lable presste 1000 Stück und überließ uns den Vertrieb. Wir sollten die EPs bei unseren Konzerten verkaufen, die aber kaum stattfanden. Cody und ich gerieten des-

wegen immer öfter aneinander. Aber er konnte mich nicht rauswerfen, ich war ja der Sänger." Er seufzte schwer.
„Du musst nicht darüber reden, wirklich." Sie spürte deutlich, wie schwierig all diese Erinnerungen für ihn waren.
Ryans Blick war auf den Boden gerichtet, während er unbeirrt weitersprach.
„Ich fand seltsames Zeug in unserer Wohnung, irgendwelche Pillen, die er nahm. Ich war auch nie ein Kind von Traurigkeit gewesen, Hannah, aber dieses Zeug, veränderte ihn. Und ich veränderte mich durch meine Arbeit in der Kanzlei. Alles, was für mich zählte, was Eindruck auf die Partner zu machen." Er lachte verbittert. „Eines Abends hatten wir dann schließlich einen wichtigen Auftritt in Pennsylvania. Ich hatte Cody versprochen, dass ich es rechtzeitig dorthin schaffen würde, aber dann saß ich in einem Meeting fest. Irgendeine neuer Mandant... alles natürlich super wichtig. Ich bekam während des Meetings über zwanzig Anrufe von Cody. Zuerst freundlich, dann besorgt und am Ende nur noch richtig wütende." Er fuhr sich mit der Hand über das Gesicht. „Er war so enttäuscht von mir gewesen. Und ich war nicht da... als..." Er stockte und alles, was zu hören war, war das rhythmische Klopfen des Regens auf dem Dach und das Knistern der Flammen.
„In dieser Nacht." Ryan schloss einen Moment lang die Augen, eher er sie wieder öffnete, und sie nun direkt ansah.
„In dieser Nacht fiel Cody aus dem Fenster eines Hotels in Pennsylvania. Ob er absichtlich gesprungen ist oder ob er versehentlich gefallen ist, das weiß niemand." Seine Stimme zitterte leicht, und Hannah streckte automatisch eine

Hand nach ihm aus, um ihn sanft an der Schulter zu berühren. Er ließ es zu und sprach langsam weiter: „Er hatte an dem Abend jede Menge getrunken und von diesem Zeug genommen. Wenn ich da gewesen wäre, Hannah, wenn ich bei ihm gewesen wäre, dann hätte ich das verhindern können. Aber ich bin nicht für ihn da gewesen. Ich saß ich dieser verdammten Kanzlei fest und half reichen Männern noch reicher zu werden, anstatt für meinen besten Freund da zu sein.“ Er wandte den Blick von ihr ab und betrachtete gedankenverloren die tanzenden Flammen zu ihren Füßen.

Instinktiv rutschte Hannah ein Stück an ihn heran. Sie war schockiert. Unter keinen Umständen hatte sie mit einer solchen Geschichte gerechnet. Zwar hatte sie gewusst, dass Cody nicht mehr lebte, aber es musste unbeschreiblich grausam sein, mit welchen Schuldgefühlen Ryan sich quälte.

„Darf ich dich in den Arm nehmen“, fragte sie flüsternd.

Überrascht hob er den Blick, ließ es dann aber zu, dass sie ihn sanft an sich zog. Sein Körper war kalt, und er machte sich zunächst ganz steif, ehe er endlich die Muskeln entspannte und den Kopf an ihre Schulter sinken ließ.

Hannah jagte eine Gänsehaut über den den Rücken, als sie spürte, wie seine Arme sich langsam immer fester um sie schlossen.

„Scheiße... tut mir leid.“ Ruckartig hob er den Kopf und wischte sich mit fahrigen Händen über das Gesicht. „Es ist schon vier Jahre her, normalerweise rede ich nicht darüber.

Tut mir leid." Er atmete ein paarmal tief ein und wieder aus.

„Aber es ist gut darüber zu reden", wandte sie ein und betrachtete ernst sein schönes Gesicht.

„Ich bin nach diesem Abend nie wieder in die Kanzlei zurückgekehrt. Ich habe mein letztes Semester an der Universität geschmissen und bin zurück nach Alaska gegangen. Die Kanzlei hatte allerdings wenig Verständnis dafür. Ich hatte einen Vertrag unterschrieben. Sie hatten in mich investiert. Deswegen verklagten sie mich abschließend auf alles, was ich je besessen habe. Ich hatte gar nichts mehr." Er lachte freudlos auf. „Nur das alte Wasserflugzeug meines Dads."

„Wissen Mona und die anderen, was passiert ist?"

Er nickte. „Sie kennen die Fakten. Sie wissen, dass Cody nicht nüchtern gewesen ist, und dass ich an dem Abend arbeiten gewesen war. Aber sie wissen nicht, wie schwierig unser Verhältnis zu diesem Zeitpunkt gewesen war."

„Das macht keinen Unterschied."

„Ich fühle mich so schuldig."

„Aber es ist nicht deine Schuld. Vielleicht wäre es auch passiert, wenn du bei ihm gewesen wärst. Vielleicht war es ein Unfall."

Er zuckte die Schultern.

„Ich hätte es verhindern können."

„Oder auch nicht", widersprach sie leise.

„Du bist so ein sehr empathischer Mensch, Hannah." Er sah sie direkt an. „Aber ich trage diese Schuldgefühle nun schon so lange mit mir herum, und ich denke auch nicht, dass sie jemals weggehen werden. Ich würde alles dafür geben, diese Nacht ungeschehen zu machen. Ich würde einiges ändern, wenn ich könnte."

Ohne weiter darüber nachzudenken, streckte Ryan eine Hand nach ihr aus und strich ihr sanft eine dicke Locke aus dem Gesicht. Sie war ihm so nah und das nicht nur körperlich.

Er fühlte sich auf unglaubliche Art und Weise zu ihr hingezogen und als er nun in ihr hübsches Gesicht sah, begann sein Herz unwillkürlich schneller zu schlagen. Er spürte noch immer den dumpfen Schmerz, den er immer spürte, wenn er an Cody dachte, doch er fühlte auch etwas anderes – etwas, was er sehr, sehr lange nicht mehr gespürt hatte.

Da saßen sie nun, in dieser kleinen behaglichen Hütte, während draußen ein Unwetter tobte und sprachen über Dinge, die er am liebsten vollständig aus seinem Leben verbannt hätte.

Der Drang sie erneut zu küssen, wurde so stark, dass er ihn kaum noch unter Kontrolle halten konnte. Ihre Lippen waren voll und sahen ihn so einladend an, dass Ryan Mühe hatte, den Blick davon abzuwenden. Ohne weiter darüber nachzudenken, wickelte er sich eine ihrer Locken um den Finger und spürte das dichte volle Haar auf seiner Haut.

Die Emotionen in seinem Inneren fuhren Achterbahn. Trauer, Wut, Scham und Verlangen durchfuhren ihn gleichermaßen stark, als er sich schließlich zu ihr hinunter beugte und seine Lippen endlich ihren Mund schmeckten.

Er hörte ein leises Stöhnen und war sich nicht sicher, ob es von ihm oder ihr gekommen war. In seinen Ohren rauschte das Blut, und er fühlte, wie das Adrenalin stoßweise durch seine Adern gepumpt wurde.
Es war so lange her.
Viel zu lange.
Doch er sollte es nicht tun. Aber warum fühlte es sich dann so gut an?
Hannah erwiderte seinen Kuss mit solcher Leidenschaft, dass es ihm unmöglich war aufzuhören. Langsam zog er sie auf sich und sank rückwärts auf das harte schmale Feldbett. Er wollte sie. Er wollte sie so sehr, wie er noch zuvor einen anderen Menschen gewollt hatte. Vom ersten Augenblick, als er sie so verloren in der Ankunftshalle des Flughafens hatte stehen sehen, hatte er gewusst, dass er ihr besser aus dem Weg gehen sollen.
Doch das Schicksal hatte andere Pläne mit ihnen gehabt. Es hatte Hannah geradewegs in seine Obhut gegeben und nun lagen sie hier, mitten in der Wildnis in einer verlassenen Hütte, und Ryan hatte das Gefühl zu zerspringen.
Seine Hände fuhren durch ihr Haar, hielten ihren Kopf, während er jeden Zentimeter ihres Mundes kostete. Wie oft hatte er in den letzten Tagen genau davon geträumt?

Hannah stöhnte leise, als sie Ryans Hände unter ihrem Shirt spürte und drückte sich noch ein wenig fester an ihn. Sie spürte seine warme Haut unter ihren Händen und liebkoste seinen muskulösen Oberkörper. Es gab nur ihn und

sie auf dieser Welt. Sie wollte ihn, so sehr wie noch nie einen anderen Mann zuvor.
Sex war für sie bislang eher ein netter Freizeitvertreib gewesen, dem sie sich nur sehr selten hingab. Sie gehörte zu den Menschen, die erst einmal ein gewisses Vertrauen in ihrem Partner haben musste, ehe sie sich ganz öffnen konnte und dies war bislang nicht sonderlich oft der Fall gewesen. One-Night-Stands kamen für sie nicht in Frage, weswegen ihr die Intensität, mit der sie auf Ryans Berührungen reagierte, vollkommen fremd war.
Ohne weiter darüber nachzudenken, zog sie sich ihr immer noch feuchtes T-Shirt über den Kopf und legte den Kopf auf seine Brust. Seine Haut auf ihrer, seine Hände in ihren Haaren, das alles fühlte sich so vertraut, so richtig an, dass sie daran nichts Falsches erkennen konnte. Oder war er einfach nur emotional angeschlagen und nicht mehr Herr seiner Sinne?
Aber er hatte sie zuerst geküsst und er tat es noch immer. Vorsichtig hob sie den Kopf und spürte im selben Moment auch schon wieder seine Lippen auf den ihren. Seine Bartstoppeln kratzen über ihre Wangen und Hannah genoss das Gefühl, welches sie dort hinterließen.
„Wir sollten das nicht machen“, hörte sie ihn flüstern, während er sie immer wieder und wieder küsste. „Das ist falsch.“
„Es kann nicht falsch sein.“ Sie wusste nicht, ob er sie überhaupt hören konnte, so leise kamen die Worte aus ihrem Mund. Ihr Atem ging schwer, und Hannah wollte einfach nur, dass dieses Gefühl nie wieder aufhörte. Sie

wollte hierbleiben, mit ihm, in dieser Hütte und sie wollte ihn ganz nah bei sich spüren.
Doch noch während sie das dachte, schob er sie ein Stück von sich fort und fuhr sich mit fahrigen Händen über das Gesicht.
„Ich... es tut mir leid. Ich hatte mich nicht unter Kontrolle... ich...“ Nie zuvor hatte sie ihn so verunsichert erlebt. Entschieden setzte er sich auf und starrte sie schuldbewusst an.
Hannah tastete nach ihrem Shirt und zog es sich mit einer einzigen Bewegung schnell über den Kopf. Ihr Herz raste und sie spürte noch immer das Kratzen seiner Bartstoppeln auf ihren Wangen. Unwillkürlich berührte sie ihre wunden Lippen.
„Das hätte nicht passieren dürfen“, sagte er leise.
„Warum?“ Ihr Kopf war leer.
„Weil... weil... ich weiß es nicht. Vielleicht, weil du wieder weggehen wirst? Vielleicht, weil ich es nicht verdient habe?“
„Aber es fühlt sich doch richtig an“, sagte sie leise.
Ryan schwieg und sie konnte an seinem Blick sehen, dass er genauso empfunden hatte. Er lauschte in die Stille des kleinen Raumes hinein.
„Ich glaube, es hat aufgehört zu regnen.“ Er erhob sich und griff gleich darauf nach seinen Shirt, das achtlos zu Boden gefallen waren. Noch während er es überzog, trat er auf das Fenster zu und sah hinaus in den Himmel.
„Ja, wir sollten Fliegen können“, sagte er mehr zu sich selbst, als zu ihr.

„Bist du sicher? Du sagst das jetzt nicht nur, um von mir weg zu kommen, oder?“ Hannah spürte einen Stich. Sie kam sich dumm vor. Wieso nur verhielt er sich mit einem Mal wieder so abweisend? Ohne ihn eines weiteren Blickes zu würdigen, stand sie auf und zog ihre nasse Jacke über. Sie sah zu, wie er das Feuer löschte und spülte die Tassen in einem kleinen Eimer mit Wasser, ehe sie sie in den Schrank zurück stellte.
Ryan schob das Feldbett wieder zurück an seinen angestammten Platz und legte die Decken darauf zusammen. Dann trat er auf die Tür zu und öffnete diese für sie.
Hannah trat hinaus und nahm im selben Moment wahr, wie sich die Sonne durch die Wolkendecke stieß. Die Landschaft um sie herum wurde in ein seltsam unwirkliches Licht getaucht, und sie fragte sich unwillkürlich, ob sie sich die Küsse in der Hütte vielleicht nur eingebildet hatte.
Schweigend liefen sie auf das wartende Flugzeug zu und kletterten hinein. Während er den Motor startete, heftete sie den Blick auf die zahlreichen Bäume zu ihrer Seite. Sie wollte ihn nicht ansehen, wollte seine verschlossene Miene nicht sehen. Mit fiebrigen Wangen dachte sie an das, was soeben in der Hütte zwischen ihnen passiert war.
Nie zuvor war sie von einem Mann mit so viel Hingabe und Leidenschaft geküsst worden und ihr wurde schwer ums Herz, als sie daran dachte, dass dies nicht noch einmal passieren würde.

Bis zu ihrer Landung auf dem kleinen See in Pinebell sprachen sie kein Wort. Erst, als sie nach einer gefühlten

Ewigkeit endlich den Pickup erreichten, räusperte Ryan sich. „Ich fahr dich nach Hause. Dann muss ich noch einmal los."
'Na klar', dachte sie freudlos, '*bleib bloß nicht mit mir allein'*. Doch statt etwas zu erwidern, nickte sie nur. Die Uhr auf dem Armaturenbrett zeigte kurz vor drei Uhr. Jetzt erst spürte Hannah, wie hungrig sie war.
Als er auf dem Platz vor seiner Hütte hielt, sprang sie so schnell aus dem Pickup, als hätte sie einen Grizzly gesehen. Ohne ein weiteres Wort, winkte sie ihm zum Abschied kurz zu und eilte dann die Stufen zur Veranda hinauf. Sie musste dringend heiß duschen und sich nach Möglichkeit auch gleich das Gefühl von Scham vom Körper spülen. Sie hatte sich mitreißen lassen, hatte sich ihm voll und ganz hingegeben und was hatte er getan? Er hatte sie zurückgewiesen. Ihr wurde ganz heiß bei dem Gedanken daran.
Hoffentlich erzählte er niemandem in Pinebell davon. Doch glücklicherweise waren es ja nur noch vier Tage bis zu ihrem Abflug. Diese würde sie auch noch überstehen – vor allem, wenn er ihr bis dahin aus dem Weg ging.

Ryan sah zu, wie Hannah die Stufen zur Veranda hinaufstürzte und die Haustür hinter sich ins Schloss fallen ließ.
Er starrte auf die verschlossene Tür und fühlte sich unglaublich leer.
Überwältigt von seinen eigenen Gefühlen, vergrub er das Gesicht in beiden Händen und schlug gleich darauf aufgebracht auf das Lenkrad des Pickups.

Er war wütend. Wütend auf dich selbst. Seine Gefühle. Hannah.
Hannah.
Sie machte ihn verrückt. Wie sie mit ihm sprach, wie sie sich benahm, wie sie seinen Kuss erwidert hatte. Ihre Haut auf seiner Haut. Das Gefühl war immer noch da und Ryan bekam unwillkürlich eine Gänsehaut.
Er wollte sie. Er wollte sie so sehr, aber sie würde Pinebell sehr bald wieder verlassen. Und dann?
Er konnte ihr nichts geben, ihr nichts versprechen.
Nur sein Herz, was er eine so lange Zeit lang für taub und unempfindlich gegenüber Gefühlen gehalten hatte. Doch sie hatte die Mauer durchdrungen, die er in mühsamer Kleinarbeit in den letzten vier Jahren errichtet hatte. Sie hatte es geschafft, und er sehnte sich so sehr nach ihren Berührungen, dass es schmerzte.
Mit zittrigen Finger startete er den Motor und trat so heftig auf das Gaspedal, dass eine Ladung kleiner Kieselsteine durch die Luft flog.
Dann war er auch schon verschwunden.

Kapitel 11

Hannah lag im Bett und starrte an die hölzerne Decke über ihrem Kopf. Sie war hellwach. Ihre Gedanken schweiften immer wieder zurück in die kleine Hütte auf der Insel, hin zu Ryans Küssen, seiner Haut auf ihrer Haut. Und sie dachte an Cody. Sie hatte Monas Bruder auf den Fotos im 'Gracie' gesehen. Er hatte so lebensfroh gewirkt, neugierig auf die Welt und die Überraschungen, welche diese für ihn bereit halten würde. Wie grausam doch sein Leben zu Ende gegangen war und wie grausam Ryan darunter litt.
Sie konnte ihn verstehen, sie konnte nachvollziehen, warum er so lebte wie er lebte: Allein und vom Leben enttäuscht, voller Schuldgefühle und ohne ein Ziel vor Augen. Doch lebten sie nicht alle irgendwie für irgendein Ziel? Wie trostlos musste es sein, wenn man sämtliche Ziele aus den Augen verloren hatte oder wenn man sie sich absichtlich versagte.
Hannah hatte Ziele. Sie hatte den Job gewechselt, um die Welt zu bereisen, und sie wünschte sich eine eigene Familie. Einen Partner, bei dem sie sich keine Gedanken machen musste, jederzeit gegen ein besseres, aufregenderes Exemplar ausgetauscht zu werden. Sie wollte Sicherheit, und sie wollte Ryan.
Seufzend zog sie sich die Decke über den Kopf und lauschte in die Dunkelheit hinein. Es war mittlerweile schon kurz nach zehn Uhr.

Als sie ein leises Heulen in der Ferne vernahm, verspürte sie ein starkes Gefühl von Sehnsucht in ihrer Brust.
Sie hatte keine Angst mehr. Nicht mehr vor den wilden Tieren oder vor den unglaublichen Naturgewalten. Sie würde Alaska vermissen. Die Menschen in Pinebell waren ihr ans Herz gewaschen, und sie war davon überzeugt, dass sie sich an der unglaublichen Landschaft um sie herum niemals würde sattsehen können. Sie fühlte sich hier Zuhause, und als sie an die laute Großstadt dachte, die auf sie wartete, wurde ihr ganz mulmig zumute. Ja, sie liebte ihre Stadt, doch in den letzten Jahren war es tatsächlich eher eine Hassliebe geworden.
Das Geräusch eines Auto drang an ihre Ohren und ihr Herz begann augenblicklich schneller zu schlagen.
Ryan kam nach Hause.
Sie hörte seine Schritte auf den Stufen der Veranda und spürte, wie sich ihr Magen schmerzhaft zusammenzog. Sie sehnte sich nach seinen Berührungen, doch sie blieb ganz still liegen.
Die Haustür fiel leise ins Schloss und sie vernahm ein leises Rascheln im Flur.
Wenn sie doch nur endlich schlafen könnte.
Aber Hannah war hellwach.
Umso erschrockener reagierte sie, als es mit einem Mal leise an ihre Tür klopfte.
„Ja?“, rief sie zögernd und im gleichen Moment öffnete sich diese auch schon.
„Habe ich dich geweckt?“ Sein Haar war zerzaust, er sah müde aus, doch seine Augen fixierten sie, während er ins

Zimmer trat und sich vorsichtig dem Bett näherte. Zögernd setzte er sich auf die Kante und sah sie einen Moment lang schweigend an. Dann räusperte er sich und suchte erneut ihren Blick.
„Ich... es tut mir leid. Ich habe mich wie der letzte Idiot benommen."
Hannah schwieg. Was sollte sie darauf erwidern?
„Ich habe Panik bekommen. Es ist lange her. Ich konnte damit einfach nicht umgehen." Sein Blick huschte kurz durch den kleinen Raum. „Ich wollte einfach nicht die Kontrolle verlieren."
„Manchmal ist es gut, einfach die Kontrolle zu verlieren", sagte sie leise, obwohl sie genau wusste, wie schwer es ihr selber fiel loszulassen. Es war mit Risiken verbunden, und es konnte weh tun. Das hatte sie erst am Nachmittag schmerzlich erfahren müssen.
„Ich fühle mich unglaublich zu dir hingezogen." Er schwieg und ihr Herz begann zugleich unkontrolliert auf und ab zu hüpfen, während sie sein Gesicht nicht aus den Augen ließ. „Du bist eine unglaubliche Frau. Ich glaube, ich habe mich einfach vor mir selber erschrocken."
„Weil es mehr war, als du eigentlich gewollt hattest?", fragte sie leise.
Er schüttelte zögernd den Kopf. „Ich wünsche mir noch so viel mehr... mit dir. Aber ich habe das Gefühl, dass ich das nicht zulassen darf."
„Wegen Cody?"
„Ich weiß es nicht." Er ließ den Kopf hängen.
„Fühlt es sich denn falsch für dich an?"

„Nein, im Gegenteil. Es war wunderschön dich zu küssen.“ Ein Lächeln huschte über seine Lippen. „Ich glaube, ich stehe mir nur einfach gerne selber im Weg.“

„Und wenn ich... dich jetzt einfach küssen würde?“ Hannah wusste selber nicht, woher sie den Mut nahm, dies zu sagen. Doch noch ehe sie es sich anders überlegen konnte, beugte sie sich auch schon zu ihm vor und nahm sein Gesicht sanft zwischen ihren Hände. Er wehrte sich nicht, im Gegenteil. Er ließ es geschehen und als ihre Lippen sich trafen, erwiderte er ihren Kuss so leidenschaftlich wie am Nachmittag auf der Insel.

Hannah strich durch sein seidiges Haar und ließ ihren Hände über seinen muskulösen Oberkörper gleiten. Ryan stöhnte unwillkürlich unter ihren Berührungen auf und ließ es zu, dass sie sich zurück in die Kissen sinken ließ und ihn auf sich zog.

Ihre Lippen flogen über sein Gesicht und als sie begann seinen Hals zu küssen, war es mit seiner Beherrschung endgültig vorbei. Seine Hände fuhren forschend über ihren Körper, glitten unter ihr Hemd und berührten dabei jeden Zentimeter ihrer Haut.

„Ich will dich“, flüsterte sie atemlos. „So sehr.“

Als Antwort zog er sich das Hemd über den Kopf und begann vorsichtig ihre Hose hinunter zu ziehen.

„Ich hatte es so gehofft. Ich konnte an nichts anderes mehr denken.“ Doch ebenso plötzlich, wie seine Liebkosungen begonnen hatten, ließ er auch schon wieder von ihr ab und setzte sich auf.

Hannah blinzelte verwirrt. Zog er sich nun doch wieder von ihr zurück?
„Es ist mir etwas peinlich, aber..." Er stand auf, trat hinaus in den Flur und kam mit einem kleinen Päckchen Kondomen zurück. „Ich habe diese extra in Whitehall gekauft. Wenn ich ehrlich bin, habe ich diese Dinger seit Jahren nicht mehr Zuhause, und wenn ich sie bei Sylvia gekauft hätte... na, du kennst ja das Getratsche hier in Pinebell." Verlegen sah er sie an.
Hannah wusste nicht, was sie sagen sollte. Lächelnd griff sie nach seiner Hand und zog ihn wieder zu sich hinunter auf das zerwühlte Bett.
Ihre Lippen trafen sich erneut und alles, an was sie noch denken konnte, war an seine warme Haut und seine Lippen, die sie überall küssten.

Ryan starrte in die Dunkelheit des kleinen Zimmers hinein. Er hörte Hannah gleichmäßig neben sich atmen. Ihr Körper lag dicht an ihn gekuschelte und er genoss die Wärme, die von ihr ausging. Es fühlte sich gut an. Alles mit ihr fühlte sich gut an.
Nachdem er Hannah abgesetzt hatte, war er erst einmal kreuz und quer durch die Gegend gefahren. Er hatte nachdenken müssen, hatte all das verarbeiten müssen, was in den letzten Stunden geschehen war. Doch am Ende war er immer wieder zu dem gleichen Ergebnis gekommen: Er hatte sich in Hannah verliebt, und so sehr er auch dagegen ankämpfte, er würde es nicht ändern können.

Ohne weiter darüber nachzudenken, war er schließlich nach Whitehill gefahren.
Harry hatte ihm in einer Nachricht über die Ankunft seines Neffens unterrichtet. Jona war gesund und munter auf die Welt gekommen, und auch Annie schien es den Umständen entsprechend gut zu gehen.
Ryan war erleichtert darüber gewesen. Er wusste, dass Annie in Whitehill in guten Händen war, und dass er nichts für sie hatte tun können. Aber er hatte mit einem Mal das starke Bedürfnis verspürt, seine Schwester zu sehen, sich davon zu überzeugen, dass es ihr auch tatsächlich an nichts fehlte.
Der Gedanke daran hatte ihn angetrieben, vermischt mit den wirren Erinnerungen an Hannah, die Hütte und ihre Küsse.
Das Krankenhaus war nicht sonderlich groß. Er wusste genau, wo Annie zu finden sein würde. Ohne nach links oder rechts zu schauen, war er die langen, hellerleuchteten Flure der Neugeborenenstation hinunter gelaufen und schließlich vor dem Fenster eines Patientenzimmers stehengeblieben.
Es war kurz vor sechs gewesen.
Die Besuchszeit war bald zu Ende, und als er durch die Jalousie des Fensters spähte, entdeckte er Harry und Annie.
Harry saß auf Annies Bett, ein kleines Bündel in seinen Armen, während Annie ganz nah an ihn gekuschelt lehnte und ihre beiden Männer liebevoll betrachtete.
Ryan schluckte schwer bei der Erinnerung an das harmonische Bild.

Er hatte sie nicht stören wollen. Die beiden wirkten so glücklich, und er hatte den Eindruck, dass Annie die Strapazen der Geburt wirklich gut überstanden hatte.
Doch gerade, als er sich abwenden wollte, hatte er Harry seinen Namen rufen hören.
Sein Schwager hatte ihn entdeckt, und Ryan war, wenn auch nur widerstrebend, in das kleine Zimmer getreten.
„Ryan!“ Annie hatte ihn angestrahlt und sogleich die Arme ausgebreitet, um ihn an sich zu drücken.
Ihre Umarmung war schön gewesen, und fast ein wenig scheu hatte er schließlich einen Blick auf das Bündel Mensch in Harrys Armen geworfen.
„Es ist so toll, dass du gekommen bist!“ Annies Wangen waren leicht gerötet und ihre Augen hatten vor Freude geglänzt.
„Darf ich dir deinen Neffen vorstellen? Das ist Jona Alexander Barton.“
Ryan machte einen zögernden Schritt auf den stolzen Vater zu, während er den kleinen Jungen, der ihn aus großen blauen Augen träge anblinzelte, eingehend betrachtete.
So war das also: Ein Leben endete und ein anderes begann. Der Kreislauf der Natur.
„Hier, du musst ihn halten.“ Noch ehe Ryan reagieren konnte, hielt er den Säugling auch schon in den Armen.
„Alles dran, alles gut, obwohl er es sehr eilig gehabt hat, auf die Welt zu kommen.“ Harry war ganz verliebt in seinen kleinen Sohn, das konnte jeder sehen, und es machte Ryan froh. Unwillkürlich musste er an seinen eigenen Vater

denken, der seine Mutter kurz nach Annies Geburt einfach sitzen gelassen hatte.
Die Liebe in diesem Zimmer war so präsent, dass er einen Moment lang das Gefühl gehabt hatte, keine Luft mehr zu bekommen. Doch ihm war auch etwas anderes bewusst geworden: Es lohnte sich, solche Gefühle zuzulassen, um so etwas überhaupt erleben zu können. Fasziniert hatte er das Gesicht des kleinen Jungen betrachtet: Nase, Ohren... alles war da, wo es hatte sein sollen.
Jona war gesund, und obwohl er sich seine Sorge nicht hatte eingestehen wollen, spürte Ryan mit einem Mal eine riesige Welle der Erleichterung über sich hinweg rollen gespürt.
„Wie geht es Hannah?“ Harrys Frage holte ihn mit einem Schlag zurück in die Gegenwart.
Hannah!
Sein Herz hatte unvermittelt heftiger geschlagen, als ihr Bild vor seinem inneren Auge aufgetaucht war.
Hannah, er musste zu ihr. Er wollte bei ihr sein, auch wenn sie nur noch wenig Zeit zusammen haben würden.
Wenn Hannah ihn überhaupt noch wollte, dann würde er es zulassen, auch wenn ihn allein die Vorstellung, wieder jemanden nah an sich heran zu lassen, ein ungutes Gefühl bescherte.
Und wenn sie ihn nicht mehr gewollt hätte?
Ryan wusste, dass ihm eine Ablehnung tief getroffen hätte. Doch als sie so da gesessen hatte, in seinem Bett, und ihn mit ihren großen dunklen Augen angesehen hatte, da wusste er, dass es ihr nicht anders erging, als ihm selbst.

Hannah zu berühren, sie zu küssen, sie zu lieben, lösten in ihm bislang unbekannte Empfindungen aus. Sein Herz machte einen Sprung, als er erneut daran dachte, wie sie sich zum ersten Mal geliebt hatten.
Zärtlich strich er durch ihre Locken, die sich wie ein Wasserfall um ihren Kopf herum ausgebreitet hatten und ihrem schlafendes Gesicht einen hübschen Rahmen verpassten.
War er wirklich nur verliebt? Oder war das etwas, was größer war, als alles, was er je zuvor gefühlt hatte?
Beunruhigt schloss er die Augen und versuchte ebenfalls zu schlafen. Er wollte nicht mehr darüber nachdenken, warum er dies alles für Hannah fühlte. Sie hatten nur noch vier gemeinsame Tage und Ryan war fest entschlossen, diese zu nutzen.

Als Hannah am nächsten Morgen erwachte, spürte sie noch immer Ryans warmen Körper neben sich liegen. Sein Brustkorb hob und senkte sich gleichmäßig, und er hatte die Augen fest geschlossen.
Liebevoll betrachtete sie sein schlafendes Gesicht.
Sie wusste nicht, wann sie sich das letzte Mal so glücklich gefühlt hatte. Die ganze Nacht hindurch hatten sie sich immer wieder geliebt, hatten miteinander gelacht, geredet und sich gegenseitig zugehört. Nie zuvor hatte sie intensivere Stunden mit einem anderen Menschen geteilt und noch immer begann ihr Herz schneller zu schlagen, wenn sie an seine Küsse und Liebkosungen dachte.

„Beobachtest du mich?“ Ryans Stimme klang rau, als er die Augen aufschlug, und sie schläfrig anblinzelte.
„Vielleicht.“ Sie lächelte, und als er das Lächeln erwiderte, machte ihr Herz einen Sprung.
Er richtete sich auf und einen Moment lang sahen sie sich einfach nur schweigend in die Augen. Dann breitete er auch schon die Arme aus, und sie kuschelte sich bereitwillig an seinen nackten Körper.
„Ich muss heute noch eine Lieferung nach Anchorage bringen.“ Er warf einen Blick auf die Uhr. „Und zwar muss ich in genau zehn Minuten los.“
„Schade.“ Hannah versuchte sich ihre Enttäuschung nicht anmerken zu lassen.
„Möchtest du... vielleicht mitkommen? Wir könnten uns danach Anchorage ansehen und etwas Essen gehen.“ Sanft streichelte er mit dem Daumen seiner rechten Hand über ihre Wange, während sie in seinen blauen Augen fast ertrank.
„Du würdest mich mitnehmen?“, fragte sie erfreut.
„Ich würde mich freuen.“
„Zehn Minuten?“
Er nickte, während er sie an sich zog, um sie zu küssen. „Vielleicht auch nur noch fünf, wenn wir hier fertig sind.“

Hannah schwebte und das lag nicht nur daran, dass sie neben Ryan in seinem Flugzeug saß. Immer, wenn sie ihm in seinem Cockpit verstohlene Blicke zuwarf, durchflutete sie eine Welle an Gefühlen, die ihr fast die Luft nahmen.

Sie war verliebt. So verliebt, wie noch nie zuvor in ihrem Leben.
Und der Mann, in den sie verliebt war, machte keinen Hehl mehr daraus, dass es ihm ganz genauso ging. Immer wieder berührte Ryan wie zufällig ihren Arm oder er zog sie ganz plötzlich an sich und küsste sie, küsste sie so leidenschaftlich, als wollte er der Zeit ein Schnippchen schlagen. Denn diese rann ihnen unbarmherzig wie Sand durch die Finger.
Nur noch vier Tage.
Vier Tage bis zu ihrem Rückflug nach Deutschland.
Hannah wollte nicht daran denken. Der bloße Gedanke daran schnürte ihr die Kehle zu.
Leise räusperte sie sich.
Noch war sie hier. Noch waren sie zusammen und auf sie wartete ein wunderbarer Tag in Anchorage.

Die Stadt überraschte Hannah mehr, als sie gedacht hatte.
Nach Pinebell hatte sie keinerlei Vorstellung davon gehabt, was sie in Anchorage erwarten würde, doch die vielen, meist zweistöckigen Gebäude und die Berge am Horizont verliehen der Stadt mit ihren fast 300.000 Einwohnern einen gewissen Charme.
Mit einem mulmigen Gefühl erinnerte sie sich an ihre Ankunft vor ganz genau zehn Tagen an diesem Ort und an ihren Widerwillen, mit dem sie Alaska zunächst gegenüber getreten war.
Automatisch drückte sie Ryans Hand ein wenig fester.
Er sah sie fragen an, doch sie zwang sich zu einem Lächeln.

Er hatte genau gewusst, womit er sie in Anchorage begeistern konnte. Mit einem Mietauto waren sie zunächst den malerischen Seward Highway entlang gefahren und schließlich am Turnagain Arm der Bucht Cook Inlet gelandet. Die Ausblick war so unglaublich gewesen, dass es Hannah einen Moment lang die Sprache verschlagen hatte. Berge, Wasser und ein strahlend blauer Himmel entschädigten sie ausreichend dafür, dass sie keine Wale zu sehen bekamen.

Zurück in der Stadt hatte Ryan sie zum Essen in ein Fischrestaurant eingeladen und nun, wo sie durch die langsam dunkel werdenden Straßen schlenderten, fühlte Hannah eine Zufriedenheit, die sie von sich so überhaupt nicht kannte.

„Ich wünschte, ich könnte in Alaska bleiben“, platzte es da auch schon aus ihr heraus, noch bevor sie auch nur eine Sekunde lang darüber nachgedacht hatte. Im selben Moment wurde sie auch schon rot. Natürlich wollte sie nicht, dass Ryan sich in irgendeiner Weise unter Druck gesetzt fühlte. Sie hatte das einfach nur so dahin geredet, doch es war ihr unangenehm und sie fragte sich, was er nun wohl von ihr dachte.

„Alaskas Winter sind hart. Lang und dunkel“, sagte er leise und blieb stehen. Er nahm ihre Hände in seine und sah ihr lächelnd ins Gesicht.

Sie liebte es, wenn er lächelte.

Es machte sein schönes Gesicht gleich noch schöner.

„Ja.“ Mehr konnte sie dazu nicht sagen. Er machte keine Anstalten, sie zum Bleiben zu bewegen. Im Gegenteil, das,

was er gesagt hatte, sollte wohl eher abschreckend auf sie wirken. Lange, harte Winter.
Sie konnte sich nicht vorstellen, wie das sein musste. Saßen die Einwohner Pinebells dann jeden Abend vor ihren Kaminen und sahen einander erst wieder, wenn der Schnee schmolz? Sicher nicht.
„Wollen wir nach Hause fliegen?“, riss Ryans Stimme sie da auch schon wieder aus ihren Gedanken.
Hannah konnte nur nicken.
Nach Hause.
Es klangt schön, genauso wie an dem Karaokeabend im 'Gracie', als er mit ihr ebenfalls „nach Hause“ hatte fahren wollen.
„Du guckst so traurig“, stellte er fest.
„Ich hab nur dran gedacht, dass ich in ein paar Tagen schon wieder fliegen werde.“ Sie biss sich auf die Unterlippe. Sie wollte nicht klammern, ganz sicher wollte sie das nicht, aber der Gedanke, Pinebell und Ryan – vor allem Ryan – in drei Tagen niemals wieder zu sehen, raubte ihr fast den Atem.
„Ich weiß, was du meinst.“ Er legte eine Hand unter ihr Kinn und hob sanft ihren Kopf. Sie sahen sich einen Moment lang schweigend an bis sich ihre Lippen zu einem hungrigen Kuss fanden.

Hannah saß mit angezogenen Beinen auf der Terrasse und starrte in die Dunkelheit hinaus. Der See lag ruhig im Schein des Mondes und um sie herum hörte sie leise Tierlaute aus dem Wald.

Ein friedliches Gefühl ruhte auf ihr und behaglich zog sie die weiche Decke noch ein wenig fester um ihre Schultern. Nachdem Ryan und sie aus Anchorage zurückgekommen waren, hatten sie sich geliebt. Er war langsam und zärtlich gewesen, und Hannah hatte sich ganz und gar fallen lassen können. Ein wohliges Gefühl überkam sie, wenn sie an seinen muskulösen Körper dachte, seine weiche Haut mit den vielen Tattoos und das Gefühl, welches seine Bartstoppeln beim Küssen auf ihrem Gesicht hinterließen.
Wenn er sie hielt, fühlte sie sich geborgen, und als er nun mit feuchten Haaren und nur mit einem Handtuch bekleidet zu ihr auf die Terrasse kam, sah sie in seinen Augen den gleichen Hunger, den auch sie verspürte.
„Es ist kalt", flüsterte sie.
„Dann sollten wir reingehen." Er beugte sich zu ihr hinab und küsste sanft ihr Ohr.
Sie lächelte.
„Komm." Er nahm ihre Hand und zog sie hoch. Die Decke glitt von ihrem Körper, und er bemerkte, dass sie nur ein kurzes Top und Shorts trug.
Eilig zog er sie hinein in das warme Wohnzimmer und spürte im nächsten Moment auch schon wieder ihre Lippen auf seinem Mund.
Seine Hände glitten über ihren Körper.
Er stöhnte leise.
„Hannah, du machst mich wahnsinnig."
„Das ist gut", lächelte sie.
Sein Handtuch fiel zu Boden und ohne ein weiteres Wort hob er sie hoch und trug sie zurück ins Schlafzimmer.

Kapitel 12

Hannah fragte sich, ob Sylvia sehen konnte, wie glücklich sie war.

Sie hockte im Lager des kleinen Supermarktes und öffnete eine Kiste nach der anderen. Seit zwei Stunden saß sie nun schon bei der alten Dame und verstaute für sie die neue Ware in den Regalen, während sie Sylvia ganz genau Menge und Warenbezeichnung diktierte.

Die Arbeit gefiel ihr.

Es machte ihr Spaß, der alten Dame zu helfen, und sie wusste, dass sie in nicht einmal mehr als einer Stunde Ryan wiedersehen würde.

Sie wollten sich mit Harry im 'Gracie' treffen, und Hannah hoffte inständig, dass Mona nicht merkte, was zwischen ihr und Ryan vorgefallen war. Sie wusste nicht, ob er wollte, dass irgendjemand in Pinebell über sie beide Bescheid wusste und sie respektierte das. Schließlich war das hier eine mehr als kleine Kleinstadt, und während sie, Hannah, übermorgen bereits wieder abreisen würde, lebte Ryan an diesem Ort.

Ihr Herz wurde schwer bei dem Gedanken.

Sie wollte nicht fort.

Sie wollte hier bleiben, bei Sylvia, Mona und bei Ryan. Vor allem bei Ryan.

Obwohl sie natürlich wusste, dass das unrealistisch war.

In zwei Wochen konnte man sich kein richtiges Bild von einem Leben an einem anderen Ort machen und Alaska war definitiv anders.
Anders als all das, was sie kannte.
Und als was sollte sie hier arbeiten?
Es war utopisch, völlig absurd und außerdem hatte sie Ryan auch nicht darum gebeten zu bleiben.
Sie schluckte schwer.
Sie vermisste ihn. Obwohl sie sich das letzte Mal erst vor drei Stunden gesehen hatte, wurde ihr Herz schwer, weil er nicht bei ihr war.
„Du bist in Gedanken."
Sylvias Stimme ließ sie erschreckt hochfahren.
„Woran denkst du? An deinen jungen Mann?"
„Was? Nein... ich... ich hab gerade daran gedacht, wie gerne ich hier in Pinebell bin und wie ungern ich abreisen werde."
„Dann musst du bleiben. Mein Mann ist damals auch geblieben", sagte Sylvia pragmatisch.
„So einfach ist das nicht", wiegelte Hannah ab.
„Oh doch, so einfach ist das", erwiderte Sylvia lakonisch. „Weißt du, Hannah, wir bereuen so viele ungenutzte Chancen im Leben und das alles nur, weil wir Angst haben, eine Entscheidung zu treffen. Aber was würde denn schlimmstenfalls passieren? Im schlimmsten Fall verlässt du Pinebell wieder und baust dir eben wieder ein neues Leben auf. Wäre das so tragisch?"
Es klang alles tatsächlich so einfach aus ihrem Mund.

„Aber ich habe kein Geld, keine Ersparnisse, keine Aufenthaltserlaubnis, keinen Job“, erwiderte Hannah schwach.
Sylvia schüttelte lächelte den Kopf.
„Ihr jungen Leute macht es euch immer so schwer. Denk daran, meine Liebe, du hast immer nur diese eine Chance.“

Hannah dachte an Sylvias Worte, während sie auf das 'Gracie' zulief und Ryans Pickup vor dem Café stehen sah.
Ihr Magen zog sich augenblicklich zusammen und ihre Hände wurden feucht.
Sie hatte den USB-Stick mit ihrem Artikel in ihrer Tasche und wollte ihn Harry vor ihrer Abreise unbedingt noch zum Lesen geben. Inständig hoffte sie, dass er ihm gefiel.
Sie mochte Harry, und die Zeit, die sie an diesem wunderschönen Stückchen Erde hatte verbringen dürfen, hatte sie verändert. Auf eine gute Weise.
Alaska hatte ihr Herz erobert.
Die kleine Türglocke klingelte, als sie das Café betrat und Ryan und Harry bereits an einem der kleinen Tische sitzen sah.
Sie winkte Mona kurz zu und bahnte sich dann ihren Weg zu den beiden Männern.
Ryan hob den Blick und einen Moment lang sahen sie sich einfach nur an.
Dann räusperte er sich, und Harry wandte sich zu ihr um.
„Ach Hannah, schön, dich zu sehen.“ Er wies auf den Platz direkt neben sich.
Hannah setzte sich und schob verlegen eine Locke hinter ihre Ohren.

Es war seltsam mit Ryan in Pinebell an einem Tisch zu sitzen und so zu tun, als hätte sich zwischen ihnen nichts geändert.
Dabei war so viel passiert.
Ihr Blick wanderte über den kleinen Tisch und blieb verwundert an einer Rolle Geldscheinen hängen, die zwischen den beiden Männern lag.
„Was ist das?"
„Das Geld habe ich Ryan gegeben, damit er sich um dich kümmert." Harry nahm sorglos einem Schluck von seinem Wasser und lächelte sie an. „Ich wollte doch, dass du trotz meines Ausfalls eine schöne Zeit hier in Pinebell verbringst. Freiwillig hätte ich ihn wohl sonst nie dazu gebracht." Er zwinkerte ihr lustig zu, und Hannah hatte das Gefühl, als hätte er ihr soeben einen Faustschlag verpasst.
„Du hast Ryan dafür bezahlt, dass er Zeit mit mir verbringt?" Sie spürte, wie sich ihr Magen unwillkürlich verkrampfte.
Er hatte das alles nur für Geld getan. Alles?
Ihr wurde abwechselnd heiß und kalt.
„Hannah", setzte Ryan da auch schon an, doch sie hob abwehrend die Hände.
Was war sie doch für eine dusselige Kuh gewesen. Hatte sie tatsächlich angenommen, Ryan hätte freiwillig die vielen Ausflüge mit ihr unternommen? Und dann die Küsse... der Sex. Sie hatte es so sehr genossen, mit ihm zusammen zu sein, dass sie gar nicht auf die Idee gekommen war, dass er das nur tat, weil Harry ihn darum gebeten hatte. Und dann, in einem schwachen Moment, hatte er ihr sein Herz ausge-

schüttet. Aber mehr war das nicht gewesen. Sie war einfach nur das Produkt eines Deals gewesen, damit Harry und Annie ihren Artikel bekamen. Ihr wurde schlecht. Mit weichen Knien erhob sie sich und wankte in Richtung der Tür.
„Nein, Hannah, warte." Ryan war ebenfalls aufgesprungen. Sie sah Harrys verwirrtes Gesicht, der abwechselnd von Ryan zu ihr blickte und überhaupt nicht verstehen konnte, wie sehr seine Worte sie verletzt hatten.
Ohne sich noch einmal umzusehen, stürmte sie da auch schon aus dem 'Gracie', die Blicke der anderen Gäste verwundert auf sie gerichtet. Doch es war ihr egal. Sie würde sie niemals wiedersehen. Und das war auch gut so. Übermorgen würde sie zurück nach Deutschland fliegen.
Sie schämte sich.
Sie hatte sich wie eine Närrin verhalten.
Wahrscheinlich lachten sie hinter ihrem Rücken bereits über das naive Mädchen aus der Stadt.
„Hannah!"
Sie hörte erneut das Klingeln der Glöckchen und blieb einen Augenblick lang orientierungslos stehen. Wo sollte sie hin? Nach Hause? Sie lachte verbittert. Ryans Zuhause. Nicht ihres, auch wenn es sich in den letzten Tagen genau so angefühlt hatte.
Tränen stiegen ihr in die Augen, doch sie fuhr sich entschlossen mit dem Ärmel ihrer Jacke über das Gesicht. Sie würde nicht weinen. Diese Genugtuung würde sie ihnen nicht geben.
„Hannah, warte."

„Geh weg! Lass mich in Ruhe!“ Mit funkelnden Augen wandte sie sich zu ihm um. Sie stand nur wenige Zentimeter von Ryans Pickup entfernt und hatte das starke Bedürfnis gegen die Fahrertür zu treten. Doch sie unterdrückte den plötzlichen Impuls und ballte unwillkürlich die Hände zu Fäusten.

„Ich hoffe, du hattest deinen Spaß und es hat sich für dich gelohnt!“

„Hannah, so war das nicht.“ Ryan streckte vorsichtig eine Hand nach ihr aus, doch sie wich augenblicklich einen Schritt vor ihm zurück.

„Fass mich nicht an“, zischte sie. Sie spürte, wie ihr erneut die Tränen in die Augen stiegen, als sie in sein schönes Gesicht blickte. Dieses Gesicht mit den ernsten Augen und dem wunderschön geschwungenen Mund, der sie so leidenschaftlich geküsst hatte.

Doch er hatte das alles nur wegen des Geldes gemacht.

Wirklich alles?

Eine kleine zweifelnde Stimme durchdrang ihre Gedanken.

„Hannah.“ Ryans Stimme klang rau, als er noch einen weiteren Schritt auf sie zumachte. „Ja, es ist wahr, Harry hat mich dafür bezahlt, dass ich dir die Gegend zeige, damit du den Artikel schreiben kannst. Es war das Geld für meine Verdienstausfälle, für die Flüge, die ich deswegen nicht hatte annehmen können. Aber es war kein Geld... für...“ Er stockte, und es fiel ihm sichtlich schwer weiterzusprechen. Er räusperte sich vernehmlich und warf einen kurzen Blick auf die schmale Fensterfront des Cafés.

Hannah folgte seinen Blick und sah, dass sie alle dort standen und sie beobachten. Mona, James, Ben, Harry, Rio und all die anderen.
Es war ihr egal.
„Ich will es nicht hören, Ryan." Sie wandte den Blick von ihm ab und spürte im selben Moment seine Hand auf ihrem Arm. Sein Griff war bestimmt, aber sanft.
„Bitte, sieh mich an." Seine Stimme war nun kaum mehr als ein Flüstern und die Eindringlichkeit darin, jagte ihr einen Schauer über den Rücken. Sie hob den Blick und sah geradewegs in seine tiefblauen Augen.
„Ich habe Harry das Geld zurückgegeben, weil... ich es nicht mehr haben wollte. Weil die Tage mit dir, mir mehr bedeuten, als alles andere, Hannah. Du hast eine Seite in mir berührt, von der ich dachte, dass sie längst gestorben sei. Ich habe mich in dich verliebt, verdammt noch mal! Ich liebe dich." Mit diesen Worten zog er sie auch schon an sich und küsste sie so leidenschaftlich, dass ihr augenblicklich die Luft wegblieb. Sie spürte seine Lippen auf ihrem Mund, spürte die Hitze, die von ihm ausging. Sie schwankte, doch sie fühlte, wie er sie hielt, fühlte das harte Metall des Pickups in ihrem Rücken, während sie seinen Kuss mit solch einer Innigkeit erwiderte, dass ihr Gehirn einen kurzen Moment lang einfach aussetzte.
Bilder der vergangenen Nacht tauchten vor ihrem inneren Auge auf. Sie sah seinen bloßen Körper vor sich, dachte an seine geschmeidigen Bewegungen und das unglaubliche Gefühl, was sie durchströmt, wann immer er ihr ganz nah war.

Und nun standen sie hier. Mitten auf der Hauptstraße von Pinebell, und Ryan zeigte allen, was er für sie empfand. Ryan, der sonst niemanden an sich heran ließ.
„Ich liebe dich auch“, schluchzte sie leise an seinem Ohr. „Und übermorgen muss ich nach Hause fliegen.“ Der Gedanke daran schmerzte sie so sehr, dass ihr nun doch die Tränen über das Gesicht liefen.
Ryan hob den Kopf und blickte in Hannahs Tränen verschmiertes Gesicht.
Es war ihm gleichgültig, dass die ganze Stadt ihnen zusah. Vorsichtig fuhr er mit dem Finger über ihre feuchten Wangen, ohne den Blick jedoch von ihren Augen zu nehmen.
Er zwang sich zu einem Lächeln. Die Aussicht, dass Hannah Pinebell so bald würde, verursachte einen dumpfen Schmerz in seiner Brust, doch er wollte nicht, dass sie es merkte. Dieses Mädchen, diese Frau hatte ihn in den letzten Tagen so viel Mitgefühl und Zuneigung entgegen gebracht, wie es zuvor noch nie jemand getan hatte. Sie schien ihn zu verstehen, sie nahm ihm nicht übel, dass es ihm schwer fiel, anderen Menschen an sich heran zu lassen und sie hatte eine irrsinnige Geduld mit ihm gehabt.
Es fiel ihm schwer, sie gehen zu lassen, aber er wusste, dass sie keine andere Wahl hatten. Auf sie wartete ihr Leben. Wenn sie nur ab uns zu an ihn denken würde, dann würde er irgendwie damit klarkommen. Jedenfalls versuchte er, sich genau das einzureden.
Natürlich war es unklug gewesen, ihr seine Gefühle zu gestehen, aber er hätte nicht ertragen können, sie so aufgebracht abreisen zu lassen. Er wollte, dass sie wusste, was er

fühlte, auch wenn es den Abschied nicht gerade leichter machte. Für keinen von ihnen.

Vielleicht wäre es einfacher gewesen, wenn sie nicht gewusst hätte, wie er empfand, wenn sie wütend auf ihn gewesen wäre. Doch er hatte sie nicht so gehen lassen können. So wie er Cody hatte gehen lassen, mit dem Gefühl, nicht für ihn dazu sein.

„Du kannst mich ja in Deutschland besuchen kommen." Hannahs Lächeln misslang ihr, doch Ryan nickte nur. Sie wussten beide, dass er dies nicht tun würde. Nicht nur, dass er sich einen Flug nach Übersee niemals hätte leisten können, es würde das Unvermeidliche einfach nur immer wieder hinauszögern.

Sie lebten in zwei verschiedenen Welten. Niemals würden sie länger zusammen sein können, als für einige Wochen im Jahr. Das wollte er ihr nicht antun.

„Komm, wir fahren nach Hause." Er öffnete schwungvoll die Tür den Pickups und half ihr beim Einsteigen. „Ich glaube, die Leute hier haben für dieses Tag genug, über was sie reden können." Er warf einen kurzen Blick zurück und fing Monas Blick auf. Sie sah ihn so liebevoll an, dass ihm erneut schwer ums Herz wurde.

Schnell warf er die Tür hinter Hannah ins Schloss und setzte sich selbst hinter das Steuer. Mit quietschenden Reifen rasten sie die Hauptstraße hinunter und ließen nichts als eine dichte Staubwolke hinter ihnen zurück.

Kapitel 13

Als sie am nächsten Abend das 'Gracie' betraten, hielt Ryan Hannahs Hand fest in seiner. Mona hatte sie eingeladen, ihren letzten Abend in Pinebell gemeinsam mit etwas Musik und all den Leuten zu verbringen, die Hannah in den vergangenen zwei Wochen in ihr Herz geschlossen hatten.

Zu ihrer Freude hatte Mona das Café sogar mit ein paar Luftballons und Luftschlangen geschmückt, und als das kleine Glöckchen über der Tür klingelte, stürmte Cooper auf sie zu und umarmte sie fest mit seinen dünnen Ärmchen.

„Oh je, ich glaube, ich breche schon in Tränen aus, noch bevor der Abend überhaupt begonnen hat“, wisperte sie in Ryans Ohr, der ihr sanft über den Rücken strich.

„Sie haben dich eben alle gern“, gab er zurück. „Das kann ich zwar überhaupt nicht verstehen, aber... autsch.“

Hannah hatte ihm einen kleinen Stoß verpasst.

„Hannah, meine Süße!“ Mona kam mit ausgebreiteten Armen auf sie zu und umarmte ihre Freundin fest. „Das hast du gut gemacht“, flüsterte sie an ihrem Ohr. „Ihr beide passt so gut zusammen, und ich freue mich so sehr für Ryan.“

Hannah lächelte matt.

„Sei gut zu ihr.“ Mona hob den Kopf und warf Ryan einen herausfordernden Blick zu.

„Immer." Er nickte ihr zu und die beiden lächelten sich liebevoll an.
„Es gibt Kuchen. Karen hat wie verrückt gebacken und einige Mädels haben Aufläufe und Salate vorbeigebracht. Normalerweise würde mich das ja in meinem eigenen Café stören, aber ich bin sehr froh, dass ich heute Abend nicht für das Essen verantwortlich bin." Mona griff nach Hannahs Arm und zog sie mit sich fort.
Hannah warf Ryan einen entschuldigenden Blick zu, doch dieser nickte ihr nur aufmunternd zu.
„So, und nun musst du mir erzählen, wie du DAS geschafft hast." Mona ließ sie an einem der gedeckten Tische Platz nehmen und wies unauffällig mit dem Kopf zu Ryan hinüber.
„Ich... es hat einfach gefunkt." Hannah erwiderte achselzuckend ihren Blick.
„Du glaubst gar nicht, wie froh ich darüber bin. Ich meine, Ryan ist wie ein Bruder für mich und zu sehen... wie er sich in den letzten vier Jahren von allen abgewandt hat, war nicht leicht. Aber er sieht so... glücklich aus." Mona nahm Hannahs Hand und drückte sie fest. „Wie wollt ihr es machen?"
„Was?"
„Na, wie wollt ihr zusammen sein? Zieht er zu dir oder kommst du nach Pinebell?" Mona schien ganz aufgeregt, als sie daran dachte.
„Wir... wir haben noch nicht darüber geredet." Hannah spürte wieder dieses enge Gefühl in ihrer Brust, was jedes Mal kam, wenn sie an ihren Abschied von Ryan dachte.

„Also, eigentlich haben wir darüber geredet. Indirekt. Wir werden die Zeit hier genießen und dann... wars das."
„Nein! Das ist doch nicht euer Ernst!" Monas Augen begannen zu funkeln. „Ehrlich Hannah, das geht doch nicht. Ich meine, sieh ihn dir an. Er lässt dich nicht eine Sekunde lang aus den Augen."
Hannah blickte in die Richtung, in die Mona mit ihrem Kopf wies und sah direkt in Ryans schöne Augen. Er saß am Tresen und schien sie tatsächlich zu beobachten.
„Na ja, aber so einfach ist das nicht." Hilflos rang Hannah ihre Hände. „Ich leben so weit weg. Wir sind aus so unterschiedlichen Welten..."
„Liebst du ihn?", unterbrach Mona sie unvermittelt.
„Unglaublich stark." Hannah senkte den Blick
„Dann gibt es keine unterschiedlichen Welten." Mona schlug entschieden mit der Hand auf den Tisch. „Das wird schon, Hannah, vertrau mir. Das Schicksal hat euch nicht umsonst zusammengebracht. Und heute Abend, da denkst du jetzt einfach nicht mehr daran, ok? Lass uns Spaß haben!"
Sie stand auf und zog Hannah vom Stuhl.

Hannah wusste nicht, wie viel Zeit vergangen war. Es war mittlerweile weit nach Mitternacht und um sie herum tanzten und unterhielten sich all die Leute, die zu ihrer kleinen Abschiedsparty gekommen waren. Sie war glücklich. Und traurig. Sie hatte mit so vielen Leuten geredet und gelacht.
Ryan war kaum einmal von ihrer Seite gewichen und mit Freude hatte sie gesehen, wie auch er immer wieder an den

Gesprächen teilnahm. Der Mann, den sie vor zwei Wochen am Flughafen von Anchorage kennengelernt hatte, existierte nicht mehr.

Zwar war Ryan noch immer sehr zurückhaltend, doch sie konnte sehen, dass er den Abend trotz allem genoss.

„Möchtest du vielleicht auch tanzen?“ Seine Stimme erklang leise an ihrem Ohr, und Hannah wandte den Kopf, um ihm besser in die Augen sehen zu können.

Ein Schauer überlief sie, und sie konnte nur nicken.

Galant zog er sie auf die Füße und gemeinsam begaben sie sich in die Mitte des kleinen Raumes, in der bereits einige Paare tanzten.

Hannah sah Mona und Ben und zwinkerte ihrer Freundin verschwörerisch zu.

Wie schön es war, mit all diesen Menschen an diesem Ort zu sein. Niemand hielt ein Handy in seiner Hand, alle genossen den Moment, und als Ryan sie in seine Arme schloss, schwebte Hannah förmlich mit ihm über den Boden.

Sie spürte seinen Atem an ihrem Hals und ihre Finger gruben sich unwillkürlich in seinen Rücken.

„Wir sollten bald nach Hause fahren“, flüsterte er, und sie konnte nur nicken.

Nur noch wenige Stunden.

Gegen neun Uhr schon mussten sie nach Anchorage aufbrechen und um halb eins würde sie das Flugzeug zurück nach Seattle bringen.

„Ich...“ Ihre Stimme erstarb, und er hob sanft ihr Kinn an, um ihr besser in die Augen sehen zu können.

„Ja?"
„Ich hab Angst." Sie schloss die Augen, und er zog sie noch ein wenig fester an sich.
Kurz darauf standen sie auch schon auf der Straße.
Mona umarmte Hannah bereits zum vierten Mal, und Hannah konnte die aufsteigenden Tränen nicht mehr zurückhalten.
„Du schreibst mir." Mona drückte ihre Hand.
„Ja, und du mir!"
„Auf jeden Fall! Hab einen guten Flug und komm bald wieder!" Beschwörend sah Mona sie an.
Hannah zuckte hilflos mit den Schultern.
Ein letztes Mal zog ihre Freundin sie an sich, dann stieg Hannah in den Wagen, und Ryan startete den Motor.
Das erste Mal, seit sie ihn kannte, trat er nicht sofort das Gaspedal durch, sondern rollte mit dem Wagen langsam an der winkenden Menge vorbei.
Als sie nicht mehr in Sichtweite waren, ließ Hannah sich zurück in ihren Sitz fallen und schloss einige Sekunden lang die Augen.
„Alles in Ordnung?"
„Ja, das hoffe ich."

Die Schlange am Check-In-Schalter war lang, als Hannah und Ryan die Abflughalle des Terminals betraten und unschlüssig voreinander stehen blieben.
Hannah trug ihre Sonnenbrille, um die roten Ränder um ihre Augen zu verbergen. Ryan sollte nicht sehen, dass sie geweint hatte. Zu ihrem Glück hatte der Morgen in Alaska

sie mit einem strahlend blauen Himmel begrüßt und die Landschaft, über die sie hinweggeflogen waren, hatte sich von ihrer schönsten Seite gezeigt. Berge, Seen, Flüsse und unendlich grüne Wälder waren unter ihnen entlang gerauscht und Hannah hatte versucht, jeden einzelnen Moment in sich einzusaugen.
Ebenso wie in der vergangenen Nacht, in der Ryan und sie kaum geschlafen hatten.
„Ich bin müde hier angekommen und jetzt fliege ich müde wieder zurück.“ Sie lächelte schwach.
„Vielleicht kannst du auf dem Rückflug etwas schlafen.“ Seine Stimme klang leise.
„Vielleicht.“ Sie nickte und sah hinüber zu der immer kürzer werdenden Schlange. Wie sehr hatte sie sich vor diesem Moment gefürchtet. Und nun war er da. Sie musste Abschied nehmen, und es fiel ihr so verdammt schwer.
„Das wars dann wohl jetzt.“ Sie versuchte unbekümmert zu klingen, was ihr je misslang.
Er nickte. „Ja, das wars dann wohl.“
„Gemany's calling“, versuchte sie zu scherzen, doch da zog er sie auch schon in seine Arme und gab ihr einen langen, sehnsuchtsvollen Kuss.
Hannah nahm die Sonnenbrille ab und vergrub das Gesicht an seiner Schulter. Sie würde nicht weinen. Nicht jetzt. Er sollte sie so nicht sehen. Sie wollte stark sein. Später, wenn sie allein war, würde sie Zeit haben ihren Tränen freien Lauf zu lassen.
„Vergiss mich nicht“, flüsterte er.
„Niemals.“

Er machte sich von ihr los und sah sie traurig an.
„Ich glaube, du gehst jetzt besser." Seine Stimme klang belegt.
Hannah nickte schwach. Ihr Blick hing an seinen Lippen. Sie wollte sie erneut schmecken, doch sie riss sich mühsam davon los und griff nach ihrem gigantischen Rollkoffer.
Ein letztes Mal sahen sie sich an, dann wandte sie sich ab und schlurfte auf den mittlerweile verwaisten Check-In-Schalter zu. Sie gab der Frau ihr Ticket und ihren Reisepass und legte den Koffer auf das kleine Rollband.
„Ah, Deutschland", sagte die Frau in gebrochenem Deutsch und lächelte.
„Das ist weit weg."
„Ja, das ist verdammt weit weg."

Kapitel 14

„Hannah, kommst du heute Abend mit ins 'Jost'“? Sarah griff nach ihrer Jacke und schlang sich ihren hellgrünen Schal um den schlanken Hals, während sie ihr einen fragenden Blick zuwarf.

„Ich denke nicht.“ Hannah zuckte lustlos mit den Schultern und schlüpfte ebenfalls in ihre Jacke. Ihr Blick glitt über das kleine Foto auf ihrem Schreibtisch: Berge, ein See und ein Flugzeug. Die Erinnerungen waren alles, was ihr geblieben war. Sie fühlte sich noch immer leer. Seit fast zwei Monaten hatte sie nun schon nichts mehr von Ryan gehört. Sie vermied es, sich die Fotos aus Alaska anzusehen, nur dieses eine, dieses eine kleine, hatte es als Andenken auf ihren Schreibtisch geschafft.

Keiner ihrer Kollegen wunderte sich darüber. Sie alle hatten Fotos aus aller Herren Länder auf ihren Schreibtischen stehen und nachdem Hannah endlich den Artikel über Alaska und seine Tourenmöglichkeiten an Dietmar Lohmeier abgegeben hatte, hatte sie sich geschworen, nie wieder an ihre Zeit dort zu denken.

Nicht an Pinebell, an die unglaubliche Landschaft, an Mona, Cooper und schon gar nicht an Ryan. Doch es war unmöglich. Sie sehnte sich so sehr nach dem kleinen Ort und das nicht nur, wenn sie an einem grauen Novemberabend wieder einmal in einer überfüllten U-Bahn nach

Hause fuhr. Sie sehnte sich nach ihm, nach seinen Berührungen, seinem Lächeln.
Die zwei Wochen mit ihm hatten ihr Leben verändert. Berlin kam ihr noch lauter, noch größer und noch dreckiger vor, als jemals zuvor und ihre Zwei-Zimmer-Wohnung im hippen Friedrichshain war leer und kalt.
Nur Lisa hatte sie kurz nach ihrer Rückkehr von ihm erzählt. Sie war die Einzige, die wusste, wie es wirklich in ihr aussah.
Dietmar Lohmeier war begeistert von ihrem Artikel gewesen und hatte ihr bereits die nächste Reise in Aussicht gestellt: Bali. Ein langgehegter Traum von ihr, doch Hannah verspürte nichts als eine unglaubliche Traurigkeit in sich. Ihr Herz war gebrochen, genau in dem Moment, als sie sich am Flughafen in Anchorage für immer von Ryan verabschiedet hatte.
Sie hatte es tatsächlich geschafft, erst im Flugzeug zu weinen, und sie hatte gehofft, dass er ihr doch schrieb, dass er sie anrief, ihr sagte, dass es ihm genauso elend erging, wie ihr, doch sie hatte vergeblich gewartet.
Ryan war aus ihrem Leben verschwunden, genau so wie sie es besprochen hatten. Lieber ein Ende mit Schrecken, als ein Schrecken ohne Ende. Wie sollten sie auch eine Beziehung über so viele tausend Kilometer hinweg führen?
Es war unmöglich.
Sie seufzte schwer und folgte Sarah hinaus in den Flur, wo einige ihrer Kollegen vor den Aufzügen herumstanden und warteten.

„Also, bist du heute Abend dabei?“, wiederholte Sarah und sah sie fragend an.
Langsam schüttelte Hannah den Kopf, überlegte es sich dann aber doch anders. Sie musste raus aus ihrem Loch. Sie musste etwas unternehmen. Die Winter in Berlin konnten lang und trostlos sein, und wenn sie nicht endlich etwas gegen ihre innere Leere unternahm, dann würde sie diesen nicht überstehen. Doch im Januar winkte ja zum Glück noch Bali. Wenigstens ein kleiner Lichtblick am sonst so düsteren Horizont.
„Doch, ich komme mit“, sagte sie schließlich zögernd.
„Prima!“ Erfreut hakte Sarah sich bei ihr ein und gemeinsam betraten sie einen der engen Aufzüge.
Es würde irgendwie weiter gehen. Es ging immer irgendwie weiter. Doch als Hannah bereits zwei Stunden später das 'Jost' verließ, um nach Hause zu fahren, wusste sie, dass es noch zu früh für sie war. Sie war noch nicht bereit für lustige Kollegenabende in der Kneipe. Die ganze Zeit über hatte sie an einem einzigen Bier genuckelt und war in Gedanken immer wieder abgeschweift. Nur mit einem Ohr hörte sie Sebastian dabei zu, wie er von seiner frustrierenden Wohnungssuche erzählte, während Sarah einige Anekdoten ihres letzten Thailandaufenthalts zum Besten gab. Nur Hannah hatte sich die ganze Zeit über nicht an den Gesprächen beteiligt und war schließlich mit dem Vortäuschen von Kopfschmerzen verschwunden.
Müde verließ sie die U-Bahn und legte mit eingezogenem Kopf die kurze Strecke bis zu ihrem Haus zurück. Ein eisiger Wind pfiff um ihre Ohren, und sie freute sich auf eine

warme Badewanne und einen Berg Vollmilchschokolade. Das war genau das, wonach ihr der Sinn stand.

Als sie die Haustür aufschloss und den Inhalt ihres Briefkastens kontrollierte, vernahm sie aus dem Treppenhaus ein leises Husten. Sie mochte es nicht, wenn sie einen ihrer Nachbarn dort traf. In der Regel wechselten diese eh alle drei Monate, und sie wusste nie genau, wer eigentlich tatsächlich zur Hausgemeinschaft gehörte und wer nur wieder einmal Gast auf irgendeiner WG-Party war. Sie wartete einen Augenblick lang, damit der Mann verschwinden konnte, ohne, dass es zu einer Begegnung auf der Treppe kam und wollte gerade die Stufen in den 3. Stock hinauf steigen, als sie das Husten erneut vernahm.

'Na toll', dachte sie. Da saß jemand auf der Treppe.

Mit einem mulmigen Gefühl in der Magengegend stieg sie höher hinauf, bis sie endlich den Absatz mit ihrer Wohnungstür erreicht hatte. Eine halbe Treppe höher stand ein Mann am Fenster des Zwischengeschosses und als er sich zu ihr umwandte, wurden augenblicklich ihre Knie weich. Mit einem leisen Aufschrei ließ sie ihre Post fallen und noch ehe sie die wenigen Stufen zu ihm hinauf stürzen konnte, war er auch schon bei ihr.

Ryan umfasste sie so fest, dass Hannah für einen kurzen Moment keine Luft mehr bekam. Sie vergrub das Gesicht an seinem Hals und nahm tief seinen so schmerzlich vermissten Geruch in sich auf.

„Du bist hier! Du bist hier!“ Ihre Stimme zitterte vor Unglaube, bis seine Lippen ihren Mund mit einem sehnsuchtsvollen Kuss verschlossen.

„Ich habe mich nicht an unsere Abmachung gehalten, es tut mir leid." Er sah besorgt zu ihr hinunter, ohne sie jedoch loszulassen. „Ich konnte es nicht." Seine Stimme hallte durch den leeren Hausflur.
„Das ist... kommt. Lass uns reingehen." Mit zittrigen Fingern schob sie den Schlüssel in das Schloss und drückte kräftig gegen die Altbautür, die sich nur widerstrebend öffnete und den Blick auf ihren aufgeräumten Flur freigab.
Wie froh Hannah war, dass sie sich in den letzten Wochen in ihre Wohnung nur zwischen Bett und Sofa hin und herbewegt hatte. Zu nichts hatte sie sich motivieren können und so war alles immer noch genauso ordentlich wie bei ihrer Ankunft aus Alaska.
Ryan trat ein, und sie musste ein paarmal blinzeln, so unwirklich erschien ihr die ganze Situation.
„Hast du schon lange gewartet?", fragte sie, während er sich neugierig umsah.
„Ein bisschen."
„Ein bisschen?" Schnell hob sie die Briefe auf und legte sie auf die kleine Kommode neben ihrer Tür.
„Ein paar Stunden", gab er zu. „Aber deine Nachbarn sind sehr nett. Einer hat mir sogar einen Kaffee gebracht."
Hannah verschluckte sich fast vor Staunen. Sie machte einen Schritt auf ihn zu, und er zog sie sofort wieder in seine Arme.
„Es ist ok für dich, dass ich hier bin?", hörte sie ihn leise an ihrem Ohr wispern.
„Ich kann mir nichts Schöneres vorstellen", hauchte sie benommen und ließ es willig geschehen, dass er ihr sanft aus

der Jacke half, um diese dann achtlos auf den Boden gleiten zu lassen.
Mit einem Ruck hob er sie hoch und küsste sie.
Hannah strich durch seine langen Haare und wies mit dem Kopf auf die letzte Tür des Flures.
Ohne zu zögernd stieß er die Tür auf und sie sanken auf ihr frisch bezogenes Bett.
„Sylvia hat mir das Geld für den Flug geliehen.“ Er strich ihr eine dicke Locken aus dem Gesicht.
„Sie meinte, wir alle...“
„... haben nur eine Chance“, beendete sie für ihn seinen Satz.
Hannah lachte und spürte, wie ihre Augen feucht wurden.
„Ich liebe dich, Hannah.“ Sie sahen sich lange an.
„Und ich liebe dich.“ Ihre Stimme war kaum mehr als ein Flüstern.
„Heirate mich.“

Epilog

„Hannah, kannst du mir das bitte kurz abnehmen? Uah, es ist eiskalt draußen und meine Finger sterben gleich ab."
Hannah stieg vorsichtig von der Leiter herab und griff nach dem Stapel Briefe, den Mona ihr entgegenhielt. Es war die übliche Flut von Post, die sie zu bewältigen hatte, seit sie nach Pinebell gekommen war und Sylvias Laden übernommen hatte.
Die alte Dame sah noch immer von Zeit zu Zeit bei ihr vorbei, und sie freute sich jedes Mal, wenn sie sie besuchte. Sie konnte noch so viel von ihr lernen, vor allem, wenn es darum ging, einen Laden zu führen.
„So viele Rechnungen." Sie verzog lachend das Gesicht und ihr Blick blieb wie immer einige Sekunden lang an dem kleinen goldfarbenen Ring an ihrer linken Hand hängen.
Wenn sie sich nicht schon einige Male gekniffen hätte, würde sie noch immer glauben, zu träumen. Doch sie war tatsächlich hier, in Pinebell und seit ihrer Rückkehr vor nun mehr zehn Monaten hatte sie es noch keine einzige Sekunde lang bereut.
„Ryan und Ben haben Cooper mit nach Whitehill genommen und Karen ist im Café, ich stehe dir also zur freien Verfügung." Mona machte einen Knicks.

Liebevoll sah Hannah ihre Freundin an und ließ den Blick über deren rundlichen kleinen Bauch gleiten, der sich deutlich sichtbar unter ihrem Kleid abzeichnete.
Nicht nur ihr Leben hatte sich verändert.
Auch Monas.
Sie hatten Oktober und in acht Wochen würden Ben, Mona und Cooper nicht mehr nur zu dritt sein.
Hannah freute sich so sehr, dass sie das alles miterleben durfte, dass die Tage nur so an ihr vorbeiflogen.
So viel war in den vergangenen Monaten geschehen, und sie war so glücklich, wie noch nie zuvor in ihrem Leben.
Liebevoll strich sie über den Bauch ihrer Freundin und dachte an ihr eigenes kleines Geheimnis, welches bislang nur Ryan und sie kannten.
Der nächste Sommer würde ganz sicher noch einmal ihr komplettes Leben auf den Kopf stellen, und sie freuten sich unglaublich darauf.
Sie hatten beide die Chance auf ihr Glück ergriffen, und es verging nicht ein einziger Tag, an dem sie das nicht zu schätzen wussten.

Printed in Germany
by Amazon Distribution
GmbH, Leipzig

15943456R00120